Reimmichl · Weihnacht in Tirol

Weihnacht in Tirol

Ein Volksbuch vom Reimmichl

Mit 4 farbigen und 8 einfarbigen Krippenbildern

TYROLIA-VERLAG INNSBRUCK-WIEN-MÜNCHEN

Bild am Einband: Weihnachtskrippe vom akad. Bildhauer Walter Bacher

Farbbilder innen: Weihnachtskrippen aus dem Tiroler Volkskunstmuseum in Innsbruck, wiedergegeben mit Genehmigung dieses Museums

Alle Farbfotos von Otto Vogth, Innsbruck

Schwarzweißfotos von Anton Demanega, Innsbruck

1 9 7 2

ISBN 3-7022-1074-1

Satz, Druck und Buchbinderarbeit in der Verlagsanstalt Tyrolia Gesellschaft m. b. H., Innsbruck

Zum Eingang

Schön ist das Tirolerländchen durchs ganze Jahr, am schönsten zur Weihnacht. Da liegt das Glück, die Freude über den Bergen. – Freude wird nicht durch äußere Glücksumstände bedingt, sondern durch die Stimmung des Gemütes. – Je höher die Berge, desto tiefer ist das Menschengemüt, und je tiefer das Gemüt, desto mehr Freude hat darin Platz. Unser Volk singt darum mit Recht:

„Je höher der Kirchturm,
Desto schöner das G'läut,
Und je weiter auf'm Berg,
Desto größer die Freud'."

So ist es auch natürlich, daß das höchste Freudenfest der Welt, die heilige Weihnacht, im Alpenland zutiefst eingreift und einen ganzen Freudenhimmel aufriegelt ... Wenn das Bergländchen mit einem schneeweißen, silbergestickten Festtagskleid sich schmückt und die Berge dastehen wie weißgekleidete Jungfrauen, um deren reines Haupt die Sterne zur Nachtzeit ein goldenes Kränzlein winden, wenn hinter kristallklaren Eisscheiben die Bäche und Seen eingeschlafen sind, wenn der Himmel so blau, so klar und durchsichtig erscheint wie sonst nie im Jahr, wenn der Mond groß und die Sonne klein, die Lichter feuriger und die Schatten tiefer werden, da kommt eine eigenartige Hast und Erregung in die Bergbewohner, in ihren Augen strahlt ein seltsamer Glanz und Schimmer, da geht es in den Häusern um, ein geheimnisvolles Leben und Weben macht sich allerorts bemerkbar, als ob Geisterhände im Spiel wären, da wird durch Berg und Tal gerüstet, die warme, himmelheimige Weihnachtsstimmung weht schon durchs Land. Man wartet auf jemand – auf einen Lieben, Guten – und ist dabei so glücklich, weil man sicher weiß, daß er kommt. – In dieser Zeit erwachen auch die Künste. Überall singt man zur Zither und Flöte die uralten, manchmal etwas derben, immer jedoch originellen, naiven, tiefinnigen Hirten- und Krippenlieder, man flicht neue Reime und Verse, probiert die alten Volksspiele, wärmt die alten Volkssagen der Christzeit auf, und in den Häusern erstehen die prächtigen Weihnachtskrippen mit den hunderterlei Figuren, den köstlichen Zusammenstellungen von heiligen Szenen und weltlichem Treiben, in denen nicht nur der tiefe Glaube, sondern auch die Phantasie, der Humor und der feine Kunstsinn der Bergler lebendig zum Ausdruck gelangen.

Und sobald der heilige Christabend erscheint, haben der Jubel und die Freude in keinem Herzen mehr Platz, sie drängen förmlich mit Gewalt heraus. – „Dreihundertfünfundsechzig Tage und eine Nacht“ hat das Tirolerland – und diese Nacht ist heller und lauter, froher und lebendiger als alle Tage. Die frommen, fröhlichen Berglerleut kommen sich selbst in dieser Nacht nicht anders vor als wie Hirten auf Bethlehems Gefild – Bauern und Hirten sind ja der gleiche Schlag –, und das ganze Ländchen wird zu einem Bethlehem, zu einem einzigen

Hirtental und Krippenberg. Die Engel fliegen gleichsam übers Hochland, klopfen an jede Hütte, an jedes Fenster und rufen: „Auf, auf, ihr Leute, wir verkünden euch eine große Freude! Der Heiland ist geboren worden, Christus der Herr!" – Und da kommen sie schon, die frommen Älpler, mit Lichtern und Fackeln in dunkler Mitternacht von den Schneehängen und Bergen hernieder zur Kirche, wo die Christmette und die Mitternachtsmesse, das sogenannte Engelamt, gefeiert werden. Ihr Glaube findet dort auch wirklich das Kindlein, und sie haben ein Glück, wie es die Hirten zu Bethlehem nicht stärker empfanden.

„‚Gloria in excelsis' auf und nieder,
‚Et in terra pax' hin und wider,
‚Laudamus' hoch mit Jubelbraus,
‚Glorificamus' über alle Berg' hinaus! –
‚Gloria' singt der Pumpelbach,
Und der Wald, der schreit's ihm nach,
‚Gloria' spielt der Sturm und Wind.
Alle, die guten Willens sind,
Müssen loben Gott und preisen,
Dank und Ehre ihm erweisen,
So mit Werken als in Worten,
Allezeit und allerorten,
Bis wir droben kommen z'sammen
In Gloria Dei Patris, Amen."

So singt der Bauerndichter den Gloria-Jubel des Bergvolkes in der Mitternachtsmesse. Und dann zur Wandlung:

„Bum, baum – bum, baum,
Von Berg und Tau'r
Für Bürger und Bau'r
Tönt Glockenhall mit großem Schall!
Beim hohen Klang verstummt aller G'sang;
Denn er gibt Kunde
Der heiligsten Stunde:
Gott wird jetzt menschlich,
Der Mensch, der wird göttlich, –
O mein Gott, ich glaube,
Du bist der Weinstock,
Und ich bin die Traube;
Dir leb' ich, dir sterb' ich,
Das Himmelreich erb' ich,
Hosanna in excelsis!
Wo alles froh und hell is."

Die ganze Natur, Himmel und Erde, Tiere und Pflanzen müssen herhalten, das heißt, sie werden durch Phantasie und Gemüt des tiefgründigen Alpenvolkes herbeigezogen, um das Ihre an der Feier beizutragen.

In Tirol ist Weihnachten noch keineswegs zu einem flachen, inhaltsarmen Familien- und Bescherungsfest herabgesunken, sondern es greift zutiefst in die Volksseele hinein und frischt diese auf in Glauben, Hoffen und Lieben. – Durch Glauben, Hoffen und Lieben werden die Bergmenschen zu heldenhaften Taten und großmütigen Opfern befähigt, in diesen drei Elementen gründet aber auch das reinste und zarteste Glück, welches auf Erden möglich ist. Ich getraue mich zu behaupten, daß Weihnachten im einsamsten, ärmsten Berghöfchen eine tiefere und wärmere Freude zurückläßt als in den glänzendsten Stadtpalästen der Reichen, wo das Fest mit rauschendem Klang und luxuriösem Prunk, mit den kostbarsten Schenkungen und ausgesuchtesten Genüssen begangen wird.

Im folgenden gebe ich einige Bilder aus der Gedanken- und Lebenswelt des Tirolervolkes zur Weihnachtszeit wieder. Ich habe sie gezeichnet meinem schönen Heimatländchen zur Ehre, mir selbst zur Freude. Wenn es mir gelingt, durch dieselben in einzelnen trostlosen, ausgedörrten, glücksarmen Seelen ein Fünkchen echter, reiner Weihnachtsfreude anzuzünden, dann bin ich doppelt belohnt.

Wie das Tirolerlandl schlafen gegangen

Ich sitze in meiner Wetterklause. Es ist so still und lauschig da heroben, und nur die gelben Lärchenbäume regnen ihre Nadeln unhörbar auf meinen Fensterbalken herunter. Durch das Loch herauf, wo weit drunten das Innsbrucker Stadtl sich zusammenduckt, drängen und drücken schwere Nebel, die wogen und wallen und sinken und steigen; über dem Innsbrucker Häuserhaufen mögen sie wohl so dick liegen wie zehn Kirchtürme übereinander, und drunten mögen wohl gar die Laternen brennen, so dunkel und düster wird's sein in den Gassen. Hier oben aber strahlt ein hellklarer, goldiger Altweibersommer; die Luft ist stubenwarm, der Himmel tuchblau, der Fichtenwald sieht schwarz und ernst, und aus seinem Dunkel heraus leuchten die herbstigen Lärchenbäume so feuergelb und flammenrot, als ob sie hellauf brennen würden. Einzelne Blümchen nicken halb verschämt noch aus dem Gras, und die Blau- und Schopfmeislein kugeln so lustig durch die Zweige und pfeifen und zirpen, als ob der Frühling über den Brennergiebel herreiten würde. Ja, wir haben den reinsten Frühling da heroben über dem weißen Nebelboden. – Und drunten muß es kalt sein. Wenn die Nebel ein bißchen sinken, so erscheinen die Bäume da unten alle in einem weißen Milchbart, als wenn sie eingeseift oder in eine Rahmschüssel getunkt worden wären.

Bis daher hab ich vor fünf Tagen geschrieben. Heut schreib ich weiter. Und heute ist's aus mit dem schillernden Hinternebelsommer, mit all seiner Herrlichkeit und Farbenpracht. Gestern hat der weißbärtige Winter griesgrämig über die Frau Hitt und den Solstein herüber geblasen, hat alle Bergspitzen schneeweiß angepudert, die Sonne hat sich in ihr graues Nebelbett verkrochen, die Windmusik hat lärmend und trommelnd eingesetzt und hat den krächzenden Raben und einzelnen verirrten Schneeflöckchen zum Tanz aufgespielt. Und allnun ist Weiß Mode.

Die halbe Nacht und den ganzen Tag hat's schon Zucker vom Himmel geregnet, und es hört noch nicht auf; immer dicker wird die weiße Decke auf dem Boden. Alles ist weiß, Wiese und Feld und Berg und Wald; jeder Strauch hat einen weißen Mantel über die Schultern gezogen, auf dem einzelne Spatzen, dick aufgekugelt, herumhocken und mißmutig ins Wetter stieren, jeder Zaunstecken trägt eine weiße Spitzkappe, der Bach läßt sich hinter eine Fensterscheibe einglasen, die Brünnlein sind stockheiser geworden, und statt ihres lauten Geplauders hört man bloß mehr ein kurzatmiges Flüstern; Bär und Dachs sind fest eingeschlafen, die Füchse in ihrem hochroten Pelz und die Iltisse nähern sich den Häusern. Mit Macht hat der Winter seine Herrschaft angetreten, und mir wird schwer ums Herz, wenn ich auf das Berglandl hinschaue, das so windelweiß und totenstill geworden ist. Aber sei nicht traurig, liebe Seele. Das Landl hat geprangt und gelacht und gesproßt mehr als genug den ganzen Sommer und Herbst, jetzt ist's müd' und es fallen ihm die Äuglein zu, es muß doch einmal auch rasten und schlafen. Der liebe Herrgott selber ist es, der ihm, wie seinem lieben Kind, schneeweiß aufbettet und der es nestlwarm einmacht, daß es recht gut und süß schlafen kann. Je tiefer und länger es schläft und je wärmer es eingepackt ist, desto heller schlägt's zu Ostern wieder die Augen auf und desto munterer und lustiger springt es aus seinem Schneebettlein heraus, desto bunter und farbiger putzt es sich wieder auf, desto kräftiger treibt's wieder in Berg und Tal und reift die Garben und kocht das Weinl, desto frischer und lieber und herziger lacht's dir im Frühjahr wieder ins Gesicht ... Und übrigens: die schlafenden Kinder sind auch schön. Schau's nur einmal an, das Landl, wie klar und unschuldig es daliegt im weißen Seidenbett, wie hochrot ihm die Wangen glühen in der Früh und abends, wie die Eiskristalle auf seiner Decke in allen Farben funkeln und wie in der Nacht die Sterne doppelt hell und feurig über seinem Lager tanzen! – Und die unschuldigen Kinder haben wunderschöne Träume – vom Himmel und vom lieben Herrgott und von den Schutzengelein. Auch das Tirolerlandl hat mitten in seinem Nachtschlaf einen wunderherrlichen Traum – das himmelliebe Weihnachtsfest – und die Engel tanzen um sein Bettlein, und das Christkind selber kommt und küßt das Bergkind in der heiligen Mitternacht, und das Landl wacht auf für ein kurzes Stündchen, und sein Atem geht schneller und wärmer vor Glück und Seligkeit.

Und nun, gute Nacht, liebes Landl, schlaf fest und gesund, bis in der heiligen Weihnacht die Glocken dich wecken!

Der Waldbär

Eine Geschichte

Mit dem richtigen Namen hieß er Blasius Peer, aber die Leute nannten ihn insgemein den Waldbär. Hatte er doch einen grauen, zottigen Bart und graue, zottige Haare wie ein Bär, trug auch immer dieselben Kleider, nämlich lodene Hose, lodene Weste und lodenen Rock, die einmal schwarz gewesen waren, aber mit der Zeit eine braune, fast rötliche Farbe angenommen hatten, und er wohnte ganz allein droben im Steigerwald. Eine rumplige, altersschwarze Hütte, daneben ein Fleckchen Grund, just groß genug, um zwei Ziegen oder eine halbe Kuh – das heißt jedes zweite Jahr eine ganze — durch den Winter zu bringen, rund herum eine Mauer von dichtgedrängten, hochstämmigen Fichten, darüber ein Stück blauer oder grauer Himmel, je nach dem Wetter, das war die ganze Welt des alten Junggesellen Blasius. Seines Zeichens war der Blasi ein Tischler, aber diese Kunst machte ihn nicht fett; denn erstens hatte er kein anderes Material als das weiche Fichtenholz, zweitens verfertigte er bloß eine einzige Gattung von Kästen und Schränken, die alle über denselben Leisten geschlagen waren, und drittens verstand er nicht zu rechnen – vierzig Kreuzer hielt er schon für einen ungeheuren Taglohn. So kam es, daß er die kleine Hypothek, die auf seinem Gütl lag, in dreißig Jahren noch immer nicht beiseite geschafft hatte. Für sich brauchte der Blasi wenig oder nichts. Fleisch sah er höchstens zweimal im Jahr ein winziges Bröcklein, Wein trank er jahraus, jahrein keinen Tropfen, und Branntwein etwa viermal jährlich ein „Stamperle", als Beigabe zu seinem steinharten Frühstücksbrot, wenn er nämlich im Winter drunten in Niklasen beichten ging und es sehr kalt war. – Und trotzdem war der Blasi ein Verschwender. Das kam folgendermaßen.

Er hatte eine riesengroße Weihnachtskrippe, die längst schon die größte war drei Stunden im Umkreis und von Jahr zu Jahr noch größer wurde. An seiner Krippe hing der Blasi mit Leib und Seele, mit Herz und Gemüt, sie war seine Freude, seine Leidenschaft. Jeden Kreuzer, den er irgendwie entbehren oder auch nicht mehr entbehren konnte, steckte er in die Krippe. Etwas Neues mußte jedes Jahr in das Werkl hineinkommen – ein paar neue Figuren oder Zierstücke wenigstens –, ehevor gab er nicht nach, wenn er darob auch Hunger leiden mußte. So brachte er es im Laufe der Jahre zu einer wahren Übervölkerung in seiner Krippe. Er hatte vierhundert Schafe – leider alles hölzerne –, hundertfünfzig Hirten in allen möglichen Stellungen, über fünfzig Engel, zweihundert Nummern Stadtpersonal, vom Hohenpriester und Bürgermeister angefangen, bis herab zum Kaminkehrer und Bettelrichter, alle Gattungen Handwerker und Geschäftsleute, hundertachtzig Mann Begleitschaft der Heiligen Drei Könige, von den Pferden und Kamelen, von den Hütten, Häuschen und Zelten außerhalb der Städte Bethlehem und Jerusalem gar nicht zu reden. Die größte Ausgabe zeit seines Lebens hatte der Blasi vor sieben Jahren gemacht, wo er vom Haller Markt mit einer

Drehorgel nach Hause kam, die zwölf verschiedene Stücke spielen konnte.

Um Allerheiligen legte der Blasi regelmäßig das Tischlerhandwerk zur Seite und nahm keinen Auftrag mehr an; denn er hatte höchste Zeit, zu seiner Krippe zu schauen, wenn er bis Weihnachten mit ihrer Herstellung fertig werden wollte. Zuerst baute er den Riesenberg auf. Da kamen all die schönverzwieselten Wurzelstöcke, das feinst gekräuselte Moos, die bunten Steinchen und die klaren, durchsichtigen Kristallsteine, die er während des Jahres droben in den Bergen gefunden hatte, darauf. Dann wurden ganze Wälder von zierlichen Bäumchen gesetzt, Wege und Straßen angelegt und diese mit schimmerndem Silbersand bestreut. Auch die blinkenden Gletscher an den Hochbergen, die rieselnden Bächlein und die durchscheinenden Seen durften nicht fehlen. Das gab Arbeit für mindestens drei Wochen. Hernach kamen die Städte und Häuser und die Hunderte von Figuren an die Reihe, wo es soviel zu reparieren, zu malen und zu leimen gab, daß leicht vier Wochen Zeit draufgingen. Die letzte Woche aber mußte der Blasi fast Tag und Nacht arbeiten, bis das letzte Männlein und das letzte Schäflein noch zur rechten Zeit an ihrem Platze standen. Große Mühen verursachte auch die Umrahmung des Kunstwerkes. Nicht zufrieden damit, daß außen um sein Häuschen herum der Wald bürstendick stand, trug der Blasi noch ganze Kraxen voll Bäumchen und Fichtenreiser in die Stube, wand Taxenkränze, stellte Dutzende von Bäumchen neben und hinter die Krippe, so daß die ganze Stube zu einem Wald wurde und er selbst kaum mehr Platz hatte, sich umzudrehen oder die Türe seiner daneben

Krippe von Johann Köchler

liegenden Schlafkammer zu öffnen. Um den Wald in der Stube recht glänzen zu machen, hing er Flimmerfäden und Glaströpflein an alle Zweige . . .

Und dann kam der Heilige Abend. Sobald es dunkel wurde, räucherte der Blasi mit den geweihten Kräutern vom Hohen Frauentag durch sein Häuschen und besprengte mit Weihwasser alle Räumlichkeiten. Dann betete er in großer Andacht drei Rosenkränze. Hernach begann die Krippenfeier. Er zündete vorn an der Brüstung zwölf dicke Wachskerzen an, die mit einem Blechschirm gedeckt waren, so daß sie ihren ganzen Schein in die Krippe warfen. Hui, da flimmerten die Kristallsteine und der Silbersand und die Glaströpfchen – an den Tempeln und Häusern blitzten die Fensterchen auf, und der ganze Berg war ein einziges Strahlen und Funkeln und Glänzen. Sooft ein Kerzenlicht flackerte, huschten Schatten über die Landschaft hin, und es hatte den Anschein, als ob die Figuren lebendig würden, einander zuwinkten und sich regsam durcheinander mengten. Der größte Strahlenglanz war dort, wo der Verkündigungsengel herschwebte. Man hätte meinen mögen, es stehe richtig der Himmel offen, und der Engel komme just aus dem himmlischen Lichtmeer heraus . . . Länger als eine halbe Stunde saß der Blasi mit gefalteten Händen, mäuschenstill, Augen und Mund offen, vor der strahlenden Krippe, und schaute voll Entzücken unentwegt in die Herrlichkeit hinein. Dann nahm er seine Drehorgel und kurbelte ein Musikstück nach dem andern herunter. Singen konnte er nicht, irgendein Instrument spielen noch weniger, aber eine Christkindlmusik wollte er unbedingt haben, und da leistete ihm die Drehorgel treffliche

Dienste. Waren es auch lauter Polkas und Walzer, die sie wiedergab, stimmten auch manche Töne schlecht oder kreischten gräßlich, dem Waldbär klang es doch wie süße Engelsmusik, und wenn er alle zwölf Stücke heruntergehaspelt hatte, begann er von vorn und spielte wieder und lachte und weinte. Und immer tiefer lebte er sich in die Krippenfreude hinein, so daß er schließlich alles um sich her vergaß und meinte, er wäre selber ein Krippenhirt geworden, soeben habe er die frohe Botschaft des Engels vernommen, und jetzt müsse er hin zum Christkind, um es anzubeten, und ihm mit seiner Drehorgelmusik eine richtige Freude machen. Das entzückte Schauen und die Drehorgelmusik setzten nicht aus, bis es höchste Zeit wurde, ins Dorf zur Christmette zu gehen ...

So feierte der Waldbär Weihnachten.

Alljährlich kamen viele Leute hinauf in das Waldhäuschen, die große, schöne Krippe zu bewundern. Unter anderen kam auch der Professor Hermann aus Innsbruck, der nicht nur zur Sommerszeit, sondern auch im Winter gern in den Tälern herumstrich, um Volkssprüche und Volkslieder zu sammeln oder auch die Leute nach Volksbräuchen auszufragen und dann Bücher darüber zu schreiben. Dem Herrn Professor, der an allem Volkstümlichen und Urwüchsigen seine Freude hatte, gefiel die Krippe des Waldbären außerordentlich, und er wollte sie durchaus kaufen, bot auch sofort sechshundert Gulden dafür. Da ging fast ein unmutiges Zucken über das Gesicht des alten Blasi, er reckte seine verschrumpfte Figur in die Höhe, daß die Beiner krachten, und sagte, nein, die Krippe wäre nicht feil, um keinen Reichtum der Welt nicht! Eher verkaufe er noch sein Häuschen, aber auch das nicht; denn er glaubte, daß es außer dem Himmel kein schöneres Plätzchen gebe als da in seiner Waldhütte, und er würde sie um das Kaiserschloß in Innsbruck nicht eintauschen. Die Krippe schätze er aber noch zehnmal höher ein als das Häuschen samt „Fundus konstruktus“.

Eine so lange Rede hatte der alte Blasi seit Menschengedenken nicht getan. Er redete selten mehr als drei Worte, hörte aber gern zu, wenn andere redeten. Nur etwas konnte er nie und nimmer anhören, wenn nämlich von Jammer, Elend und Not seiner Mitmenschen erzählt wurde; da ging ihm sein butterweiches Herz gleich bei den Augen über, und dann ging es ihm mit dem letzten Kreuzerlein, das er etwa noch im Sack hatte, davon, weil er glaubte, es dürfe kein Jammer ungestillt und keine Not ungelindert bleiben. Der Waldbär war eben ein Verschwender.

Dem Professor Hermann gefiel der originelle Waldkauz fast noch besser als dessen originelle Krippe. Er sagte lachend, es müsse auch solche Käuze geben, und wenn es viele solcher Käuze gäbe, wäre die Welt hundertmal schöner.

Von dem Handel ging keine Rede mehr. Aber im nächsten Jahr hatte der alte Blasi neue, großartige Pläne. Er wollte die Zwischenwand, die seine Schlafkammer von der Stube abschloß, herausnehmen, um die Krippe, für die in der Stube nicht mehr genug Platz war, in die Kammer hinein zu erweitern. Allein da machte ihm sein butterweiches Herz einen dicken Strich durch die Rechnung, und das kam folgendermaßen.

Ein Viertelstündchen von seiner Hütte entfernt, am Ausgang des Waldes, lebte und hauste auf einem tiefverschuldeten Gütlein die Witwe Ladscheider mit fünf unmündigen Kindern. Der armen Haut wurde nun plötzlich durch einen unbarmherzigen Gläubiger ein Kapital von sechshundert Gulden gekündigt, und sie stand unrettbar vor dem Konkurs. Als der Waldblasi eines Sonntags im Oktober an dem Ladscheiderhaus vorbeikam, saß die Ladscheiderin weinend vor der Tür und klagte ihm in herzbrechendem Jammer, daß sie sich nicht mehr zu helfen wisse. Es bleibe ihr nichts übrig, als ihre Kinder in der Gemeinde zu verzetteln und für sich selber einen Dienstplatz zu suchen. Alles wollte sie gern ertragen, wenn sie sich nur nicht von den Kindern trennen müßte. Dem Blasi quoll schon das Herzwasser zu beiden Augen heraus; aber er konnte nicht trösten, weil ihm die Sprache viel zu kurz gewachsen war, und helfen konnte er noch weniger. Er ließ den Kopf fast tiefer hängen als die Ladscheiderin und schritt traurig durch den Wald seiner Hütte zu. Während er langsam dahintrabte, wurde sein Herz immer unruhiger und fing dann an zu bohren.

Blasi, leih ein Geld auf deinen Grund und hilf der Ladscheiderin!

Damit war aber der Kopf nicht einverstanden.

Ein Geld auf meinen Grund? Da liegt ehedem schon eine Hypothek darauf, und wenn die ausgezahlt ist, krieg ich keine vierhundert Gulden mehr.

Blasi, verkauf deine Krippe! Der Professor gibt dir just sechshundert Gulden.

Meine Krippe verkaufen? Das ist ja ein unmenschliches Verlangen.

Viel unmenschlicher ist es, seinen Nächsten in der Not stecken zu lassen.

Jeder ist sich selbst der Nächste.

So haben auch die bethlehemitischen Hausherren gesagt, die mit Maria und Josef so grob abgefahren sind. Erbarmen dir nicht die armen Waislein?

Wohl, wohl, sie erbarmen mir furchtbar. Aber ich bin es ja nicht, der sie aus dem Hause jagt.

Du läßt es aber geschehen, und der Lasser ist so schlecht wie der Prasser.

So stritten das Herz und der Kopf hin und her und brachten den Waldbär fast zur Verzweiflung. Der harte Kampf dauerte mehrere Tage, schließlich wurde der Kopf zu schwach und das Herz blieb Meister. Das Opfer mußte gebracht werden.

Dem alten Blasi kam die Trennung von seiner Krippe furchtbar hart an – wenn Seele und Leib auseinander müssen, wird es kaum härter sein –, aber was kann man machen, wenn man so ein butterweiches Herz hat? Und der unerfahrene alte Blasi machte sich das Ding noch doppelt schwer, indem er von seinem Schatze feierlichen Abschied nahm. In den nächsten Tagen stellte er die Krippe auf, obwohl es noch lange hin war auf Weihnachten. Spät abends am Allerheiligentag zündete er dann die Beleuchtung an und nahm die Drehorgel zur Hand. Als der Krippenberg zu glänzen und zu strahlen anfing, brannten dem Blasi die Augen wie Feuer; als er das erste Musikstück heruntertrieb, rieselten ihm schon zwei Bächlein über die Wangen, beim zweiten Stück begann er laut zu heulen; es schüttelte und zerschnaggelte ihn, als ob er den Krampf hätte. Da half nichts, er mußte die

Lichter auslöschen und sich schnell in seine Kammer zurückziehen.

Am nächsten Morgen nahm er seine ganze Tapferkeit zusammen, legte das bessere Gewand an, warf keinen Blick mehr zu der Krippe hin und machte sich rasch auf den Weg nach Innsbruck. Dort angekommen, stolperte er nach einigem Umfragen in die Wohnung des Professors Hermann.

„Herr Professor, ich verkauf meine Krippe. Um sechshundert Gulden könnt Ihr sie haben."

Der Professor schaute fast ungnädig darein. Was ist denn in den alten Waldkauz gefahren? Hat auch den der Geldteufel erfaßt? Dann steht es schlecht um die Welt. Um den Blasi auf Herz und Nieren zu erforschen, sagte er kühl:

„Sechshundert Gulden sind zu viel für den alten Quark. Dreihundert geb ich."

Des Blasi Augen leuchteten einen Augenblick und wurden dann wieder ganz trüb.

„Sechshundert Gulden muß ich haben; darunter tu ich's nicht", erklärte er zitternd.

„Wenn ich Euch aber siebenhundert gib?"

„Nein, ich brauch keine siebenhundert ... Sechshundert – nicht mehr und nicht weniger – dann ist's ein Handel."

Bei diesen Worten schüttelte und schnaggelte es den Waldbär wieder, als ob ihn der jähe Frost gepackt hätte. Dem Professor wurde nachgerade klar, daß etwas Kritisches hinter der Sache stecke. Er fragte solange hin und her, bis er all den harten Zwang und Jammer, das Elend und die Not des Blasi kannte. Nun biß aber den Professor etwas in den Augen, und er mußte rasch in sein hinteres Zimmer retirieren. Erst nach längerer Zeit kam er wieder heraus, zählte dem Blasi sechs Hunderter-Banknoten auf den Tisch und sagte:

„Da ist das Geld; ich kauf die Krippe. Aber leider hab ich gegenwärtig keinen Platz dafür. Die Krippe muß in Eurem Häuschen bleiben, solang Ihr lebt. Wenn Ihr gestorben seid, laß ich sie abholen."

Dem Waldbär gingen die Augen scheibenweit und der Mund ofentürweit auseinander. Er sank auf einen Stuhl nieder, schoß wieder in die Höhe, und wenig hätte gefehlt, daß er dem Professor um den Hals gefallen wäre. Dieser machte aber dem Auftritt rasch ein Ende, indem er geschäftsmäßig sagte:

„Jetzt bringen wir den Akt zu Papier und lassen dann alles bei Gericht verfachen. Solange Ihr lebt, gehört die Krippe Euch, wenn Ihr gestorben seid, ist sie mein Eigentum. Habt Ihr eine Einwendung?"

Natürlich hatte der Blasi keine; er konnte überhaupt nicht mehr reden. Als er aber zwei Stunden später auf dem Heimwege war, meinte er durchaus, heute müsse er singen, und tat es auch. Das war freilich eher ein Gurgeln als ein Singen, aber dem Blasi klang es doch schön, und der Sang lautete:

„Des bin i froh, froh, froh —
Benedicamus Domino!"

Der Waldbär weinte, das Herz in seiner Brust lachte sich krumm, der Kopf schüttelte sich selber, und schließlich schwammen doch alle drei im reinsten Glück.

Hei, und was gab das für einen Jubel im Ladscheiderhaus, als der große Nothelfer erschien und seinen Schatz über den Tisch leerte. Zwölf Augen leuchteten dem Blasi ins Gesicht wie die hellsten Weihnachtssterne, und sechs Paar Lippen wollten ihm immerfort die Hände küssen. Um sich jeglicher Gefahr zu entziehen, nahm der Blasi schnell Reißaus und trabte singend, das heißt gurgelnd, seiner Waldhütte zu. Dort traf er gleich Anstalten, um seine neuen, großen Krippenpläne ins Werk zu setzen. – Und zeit seines Lebens hat der Waldbär keine so schönen Weihnachten gehabt wie in diesem Jahre.

Vorweihnachten

Es ist in den langen, lichten Nächten. Die Sonne ist schon zeitig am Nachmittag schlafen gegangen, weil ihr zu kalt war. Fieberrot hat ihr letzter Schein auf den Bergkämmen verglüht. Und alsbald kroch aus den Klüften und Schlüften die graue Dämmerung. Allein bevor es noch richtig dunkel wurde, streckte schon der Vollmond seinen großen Kopf über die Windscheid und lachte mit seinem breiten Schmalzgesicht vergnügt zur Erde nieder. Aus der Erde steigt ein eiskalter, leichter Dunstnebel, spinnt über Feld und Au, spinnt um die Häuser und Türme, ist aber so duftig und dünn, daß man ihn kaum wahrnimmt. Nur wo die elektrischen Straßenlampen grelle Lichtkeile hereinwerfen, sieht man das zarte Gespinst, und es tanzen und wirbeln darin Millionen flimmernder Froststäubchen, zwischendurch an den Zäunen, den Bäumen, den Rainen glitzern ebenso viele Millionen winziger Eiskriställchen. Sie leuchten auf und verlöschen wie Johanniskäferchen und strahlen wieder und fiebern in brennendlichter Ungeduld, als ob sie auf etwas Herrliches warteten und es nicht mehr erwarten könnten – Hinter dem flimmernden durchsichtigen Nebelschleier steht der nachtblaue Wald, und über dem Walde stehen so nahe und doch in märchenhafter Ferne himmelhoch die schneeweißen, strahlenden Berge. Ein wunderbarer zauberischer Glanz träumt auf ihren Kanten und Kämmen, als ob sie ihr Licht weiter von unbekannten, überirdischen Welten empfingen. Tief und ruhig schläft der alte Wald. Nur die Tannenbäumchen am Waldrand sind noch munter und spähen sehnsüchtig an dem mondflimmernden, schneeigen Rain hinab. Ein Häschen huscht unter ihnen durch. Da recken alle die Köpfe, und eines fragt ganz leise: „Ob sie heute noch kommen?"

„Sei still", mault ein zweites; „d i c h mag überhaupt niemand. Bist viel zu ruppig und struppig zu einem Christbäumchen."

Ein Eiszäpfchen knallt, dem sehnsuchtskranken Bäumchen ist eine Träne aus dem Auge gefallen. Das haben die Sterne gesehen und gleich fliegt einer herunter, in großem Bogen über Himmel und Wald, und fliegt just dem weinenden Bäumchen auf die Achsel und flüstert ihm ins Ohr: „Gerade d u wirst ein Christbäumlein!"

Weiter und weiter schreitet die Nacht. In Stadt und Dorf ist ein Lichtlein nach dem andern schlafen gegangen, und die hellen Fenster an den Häusern haben fast sämtlich ihre Augen geschlossen. Der Vollmond steht aber jetzt mitten über der Welt und gießt eine solche Flut seines märchenhaften grünen Lichtes auf die Erde hernieder, daß alle Schatten damit zugedeckt werden. Hinter den Bergen herauf steigen neue prangende Sternbilder: die „Sense", der „Rechen", die „Triangel", das „Rad". Sie funkeln wie Edelsteine und äugeln so lebhaft dem Monde zu, als ob sie im eifrigsten Gespräch mit ihm wären. Es ist zu weit fort, als daß man hören könnte, von was sie reden. Aber denken kann man sich's. Von was sollen sie denn reden als vom nahenden lieben Christfest?

Und weiter schreitet die Nacht, langsam wandelt sie dem Morgen zu. In aller Herrgottsfrüh aber, wenn das Dunkel noch keinen Rührer tut, wenn die Vöglein draußen im Wald ihre Köpflein noch tief zwischen den Beinen im warmen Gefieder drinnen stecken haben und wenn der Morgenstern noch lange hinter den Bergen schläft, da geht im Land schon ein mächtiges Singen und Klingen an. Die große Glocke ruft und ladet über Berg und Tal. Auf allen Bergen wird's lebendig, überall beginnen die Fensterscheiben zu leuchten, und schon kommen Lichter und Fackeln den Berg herunter, einzeln und in langen Reihen. Aus den hohen Kirchenfenstern scheint auch bereits helles Licht, und alles strömt der Kirche zu. Wie einst die Hirten von den Hügeln um Bethlehem ins Tal herniederstiegen, so ziehen auch da die Leute heran, das Herz voll Glauben und Liebe. Und drinnen in der Kirche ist alles übersät von Lichtern und Flämmchen. Da rauscht schon die Orgel in feierlichen Klängen, und es beginnt das Rorate oder „guldene Amt". – Das gute christliche Volk kann die heilige Weihnacht kaum mehr erwarten, es feiert schon eine kleine Weihnacht voraus in den „guldenen Ämtern". Diese Vorweihnachtsfeier gilt aber hauptsächlich der lieben Gottesmutter Maria, die uns um Weihnachten die wahre Christfreude mit dem lieben Christkindlein bringen soll. Sie hat das Christkind schon bei sich, und darum singen und jubeln ihr die Gläubigen zu und bitten herzinnig, sie möchte es auch ihnen schenken. Der heilige Advent ist so recht die Frühlingszeit auf Weihnachten. Zart und liebinnig tönen die süßen Frauenlieder beim „guldenen Amt".

Ave Maria klare,
Du lichter Morgenstern,
Du bist ein' Freud' fürwahre
Des Himmels und der Erd'.
Erwählt von Ewigkeit
Zu sein ein' Mutter Gottes
Zu Trost der Christenheit.

Wir alle wollen der Mahnung des heiligen Paulus nachkommen, die er zu dieser Frist an uns richtet:

„Freuet euch im Herrn allezeit, und noch einmal sag' ich euch, freuet euch!"

Christnacht über den Bergen

Eine Vision

Sanft eingeschlummert, hatt' ich ein' Traum,
Das war kein Dunst und kein leerer Schaum:
Ich stand auf ein' himmelhohen Berge,
Der Ortler und Glockner waren daneben nur Zwerge,
Das ganze Tiroler Land lag tief unter mir,
Wie eine Landkart', doch nicht von Papier.
Ich sah alle Berge, Riegel und Alpenspitzen
Und Jöcher und Kuppen, worauf die Wolken sitzen,
Verschlungene Täler und finstere Schluchten,
Die tief in die Wälder hinein sich bohren und buchten;
Ich sah die Bächlein und Flüsse wallen und gehen
An Hängen hinunter zu den blauenden Seen;
Die Städte und Dörfer alle, ein jedes Haus,
Die Kirchen, Kapellen sah ich landein, landaus –
Kurzum, das ganze Landl Tirol akkurat
So schön, wie's der Herrgott erschaffen hat.
... Im Schauen und Sinnen da ward mir's klar und bekannt:

Die weihe Heilige Nacht lag über dem Land

Engelein haben die Himmelsfenster geputzt,
Vom Schnee verweht, von Sonnenstäublein beschmutzt,
Auf daß sie mit ihren Funkelaugen
Noch heller können aufs Landl schaugen.

... Da horch, vom Landl herauf ein Glockenläuten!
Es klingt von drinnen und draußen, von allen Seiten:
Die „Sext“ im Brixner Domkirchturm
Fangt an mit gewaltigem Surm,
Die Klausner und Sterzinger Glocken, die fallen ein,
Brunecken und Taufers wollen auch dabei sein;
In Neustift „die Alte“ mit ihrem grollenden Basse,
Die summt und brummt gespenstig über die Gasse,
Und hundertstimmig klingt das Innsbrucker G'läut,
Vor allem „die Neue“ zur Heil'gen Dreifaltigkeit,
Die ist ja männig berühmt und genannt
Als größte und schwerste im ganzen Tiroler Land. –
Und neue und neue Stimmen setzen an,
Die Pfarrglocke von St. Johann,
In Schwaz das silberne Knappengeläut,
Die Wolken- und Wetterglocke von St. Veit;
Von Bozen, St. Pauls, von Meran und von Schlanders,
Von Layen, von Gröden, Feldthurns, Villanders,
Vom Ritten, von Mölten, Passeier und Sarnthein,
Da klingt es und schwingt es in mächtigen Fugen darein.
Durchs Wipptal heraus, das Inntal hinauf und hinunter,
In Giebeln und Türmen wird's laut und wird's munter,
In Stams und Landeck, in Zell und Brixlegg und so weiter,
Ich kenn nicht all die Glocken, all die Geläuter.
... Das ist ein Tönen und Schallen von fern und von nah,
Ein Jubeln und Hallen, bald dort und bald da,
Ein Summen und Brummen hin und wider,
Ein Klingen und Schwingen auf und nieder ...
Ich kann's nicht erzählen, beschreiben – ich war wie gebannt
Vom mächt'gen Zusammengeläut im Tiroler Land. –

– Und schon ward's auch in den Häusern lebendig,
Viel Flämmlein tanzen behendig
In Stuben und Zimmern,
Die Fenster, die flimmern;
Und da kommen heraus
Von Hütte und Haus
Die Lichterlein,
Dort eines allein
Und da ein Schippel beisammen;
Sie flackern und flammen,
Und wallen und wandern,
Die einen hinter den andern,
Und ziehen zuletzt in feuriger Kette
In die Kirchen hinein zur Christnachtsmette.
– Mit einmal fängt's auch an zu leuchten, zu funkeln, zu
blitzen
Auf den Graten und Fernern und Bergesspitzen:
Der Feiler, der Rieser, der Monte Kristall,
Die schimmern und flimmern wie Edelmetall,
Der Ortler, steht da wie ein' brennende Kerz',
Vernagt und die Weiße Kugel wie glühendes Erz,
Der Rosengarten, der Peitler, der Schlern,
Der Elfer, der Zwölfer, die leuchten wie eine Latern',
Das Zuckerhütl, das glänzt wie Karfunkel,
Die Hohe Salv und der Kaiser stehn noch im Dunkel.
Da guckt schon über die Großglocknerwand
Der Mond mit sein' Silbergesicht herein in das Land,
Geht langsam über die Alpeiner-Scharten,
Am Habicht tut er rasten und warten,
Aufs Rothorn und die Dreiherrenspitzen
Tut er silberne Tropfen schwitzen – – –

... In dem Leuchten und Schimmern und schallenden
Glockengetümmel
Eröffnet auf einmal die goldenen Pforten der Himmel,
Und tausend Engel sieht man herniederfliegen,
Die in ihren Armen das wonnige Christkind wiegen.
Da jubelt und jauchzt durch alle Täler ein Schall:
„Christus natus est, alleluja!"
Und Berge und Wälder geben den Widerhall:

„Der heilige Christ ist geboren, Huijuja!"

Und alles wird jetzt lebendig und munter und wach,
Die Vöglein im Wald, die Fischlein im See und der Bach;
Die Bäume und Sträucher hört man wundersam rauschen,
Mit den Felsen flüstern und Grüße tauschen.

... Wo hoch auf der Alm sich bettet haustiefer Schnee,
Da wachsen auf einmal lebendige Blümlein in d' Höh,
Und wie sie die farbigen Köpflein lüpfen,
Sieht man aus jedem ein munteres Engelein hüpfen,
Schneeweiße Englein, die in die Häuser fliegen,
Wo Kinder unschuldig in ihren Bettchen liegen,
Und tun die Kinderlein herzen und küssen,
Daß diese im Schlafe hell auflachen müssen.
Da horch! Es ertönen himmlische Lieder
Aus Engelsmunde von oben hernieder:
„Gloria in excelsis Deo et in terra pax hominibus!
Lob, Ehr und Preis in der Höhe dem Herrn,
Der euch so weise sein' Gnad' tut aufsperr'n,
Daß er sei'm Kinde, zart und linde,
Laßt tragen eure Sünde!
Fried' auch auf Erden den Menschenkinden,
Bei d e n wir guten Willen finden;

Krippe von Josef Bachlechner, dem Jüngeren

Denn es ist heute euch, viel armen Leute,
Christus nit weite — —"
... Da hat mich etwas erschreckt
Und mich jäh aus mein' Traum aufgeweckt;
Ich bin niedergefall'n auf die Knie
Und hab herzheiß gebetet wie nie:
„Verzeih uns gnädig unsre Schuld und Sünd',
Und bleib immer bei uns, lieb Jesukind.
Unser Landl ist klein, darf niemand drinn' sein
Als du, der heilige Christ und Herrgott, allein!
Wir g'hören ja z'sammen und bleiben beisammen,
Du, unser Herr, und Tirol in Ewigkeit. Amen."

Weihnachten immer neu

In der Kirche werden schon die sieben großen O gesungen, jene wunderbaren, liebeheißen Antiphonen, die alle in den glühenden Sehnsuchtsschrei ausklingen: „Komm, o komm!“, und den Erlöser fast mit Gewalt auf die Erde herabziehen wollen. In den warmen Heimstuben, hinter eisblumenflimmernden Fenstern, sind überall schon die Krippenberge aufgestellt, und das liebe Krippenpersonal ward neu instand gesetzt; durchs ganze Haus zieht kräftiger Tannenduft, die Christbäumlein harren unterm Dach auf Glanz und Gloria. Draußen im Wald sind all die tausend und tausend Bäume und Bäumchen weihnachtlich aufgeputzt mit weichem, weißem Flaum und funkelnden Eiskriställchen. Auf der Alm droben stecken die Heuschuppen bis über die Achseln im Schnee, manche gucken gar bloß mit der Nasenspitze noch ein bißchen hervor, frierende Vöglein schlüpfen unter den Latten hinein und machen sich drinnen ein warmes Nestchen; Häslein bohren an den Wänden hinunter und knuspern an den heraushängenden Heubüscheln; die kleineren Bäumchen rundum sieht man alle nicht mehr, von den größeren ragen noch Gipfelchen hervor, just so hoch, daß sich ein Vöglein daraufsetzen und rasten kann. Die ungeheuer große, reine, blendend weiße Decke, die über der Alm liegt, ist mit Millionen Sternchen besetzt, die am Tage wie Diamanten blitzen, in der Nacht aber gleich Johanniskäferchen träumerisch flimmern. Zur Nachtzeit wird auch der Himmel lebendig. Hunderttausend goldene Äuglein tun sich auf und strahlen so hell und freudig hernieder wie sonst nie im Jahre. Das sind die kleinen Himmelsengel, die still und feierlich über alle Täler hinziehen und allen Menschen mit ihren funkelnden Sternäuglein geheimnisvoll zuwinken, als wüßten sie etwas unendlich Freudiges, das sie noch nicht sagen dürfen. Von ihnen singt die „Tirolerwacht" gar schön:

„In stiller Nacht, bei finst'rer Nacht,
Schläft tief die Welt im Grunde;
Die Berge stehen ringsum Wacht,
Der Himmel macht die Runde,
Geht um und um, ums Land herum
Mit seinen goldenen Scharen,
Die Frommen zu bewahren."

Kirche und Haus, Wald und Alm, die Berge und der Himmel darüber, alles harrt in sehnsüchtiger, ahnungsvoller Erwartung auf den Einen und Einzigen, den Großen, den Schönen, den Guten, den Innigstgeliebten, der in der Heiligen Nacht kommen und unbeschreibliche Freude, gottessüßen Frieden, himmelreiche Gaben bringen wird, allen, die guten Willens sind.

Mir geht das Herz auseinander wie ein Tor mit zwei Flügeln, und ich möchte grad anheben zu singen und zu jubeln wie eine Lerche, die in den goldenen Morgen hineinsteigt. Steht aber ein Kritischer auf und murmelt: „Warum denn das viele Wesen und Getue? Es sind doch schon mehr als neunzehnhundert Jahre her, daß Christus auf die Welt gekommen ist und das Heil gebracht hat. Daß er nun wieder auf die Welt kommt, ist doch eine bloße Redensart. Wir feiern um Weihnachten nur die Erinnerung an seine Geburt, die vor rund zweitausend Jahren stattgefunden hat."

Du kühler, nörgelnder Patron, da bist du aber ganz auf dem Holzwege. Die Geburt unseres lieben Herrn und Heilandes ist nicht bloß eine fertige Tatsache, die sich vor neunzehnhundert Jahren vollzogen hat, sondern sie ist eine stets gleichzeitige, immer gegenwärtige Tat, die sich – besonders um Weihnachten – alle Jahre wieder erneuert. Sagt doch der Apostel, daß Christus nicht einem bestimmten Zeitabschnitte angehört, sondern allen Zeiten. „Jesus Christus heri et hodie, ipse et in saecula – Jesus Christus ist derselbe gestern und heute und in Ewigkeit." (Hebr. 13, 8.) Uns, die wir nicht vor neunzehnhundert Jahren gelebt haben, sondern jetzt leben, wird die reichliche Erlösung, die Güte und Menschenfreundlichkeit Gottes, unseres Heilandes (Tit. 3, 4.) eben jetzt erst zugewendet. Was die Hirten von Bethlehem vor neunzehnhundert Jahren an der Krippe des Weltheilandes bekommen haben – all die Liebe, die Gnade, den Segen – all dasselbe und kein Fünklein weniger empfangen wir jetzt, und zwar ganz besonders am hohen Weihnachtsfest. Der Wirkung nach ist das Weihnachtsfest jedes Jahr genauso beschaffen, als ob Christus eben jetzt erst geboren würde. Darum können wir auch mit vollem Recht sagen: „Die Weihnachten sind immer neu."

Was folgt daraus? Daraus folgt, daß wir zu Weihnachten ganz die gleiche himmelhelle, hohe, herzaufrüttelnde

Freude haben sollen, die die Hirten von Bethlehem einst gehabt haben. Ich will euch einige Winke geben, wie ihr diese Weihnachtsfreude anzünden und so stark beleben könnt, daß sie in den Herzen schier nicht mehr Platz hat.

Fürs erste setz ich euch eine Warnungstafel her. Hütet euch vor dem schwarzen Raggesbart! Zu Weihnachten macht der böse Feind Doppelschicht, und wo er nur zukommt, sucht er all die duftigen Freudenblümlein in den Herzen und Häusern zu zertreten und auszurotten. Ich erinnere mich noch aus meinen jungen Jahren, wie er einmal in einem Hause, wo ich war, zu Weihnachten einen solchen Unfrieden gestiftet hat, daß alle Freude elendiglich zugrunde ging. Noch heute möchte ich weinen, wenn ich daran denke, was das für traurige, düstere Weihnachten waren. Laßt euch nicht aus dem Zirkel bringen, mag der Gottesfeind noch soviel Verdruß und Unordnung und Widerwärtigkeiten anrühren, kräftigt euch in Geduld, macht ein heiteres, freundliches Gesicht, seien die Dinge, wie sie wollen, singet eins, wenn ihr könnt, und seid extra frohgemut und aufgeräumt – dem Teufel zum Trutz, euch selber zu Nutz!

„Bin a lustiga Bue,
Laß dem Teuxel ka Rueh,
Und die Engel im Himmel,
Die lachen dazue.“

Nur in einem reinen Herzen kann die Weihnachtsfreude blühen. Wenn es aber in deiner inneren Ökonomie fehlt, wenn du Sündenschulden stehen hast bei Gott dem Herrn, wenn du gar an der Seele halb oder ganz verkracht bist, dann mußt du trachten, aus dem Schlamassel herauszukommen. Bezahlen kannst du deine Schulden nicht, aber um Nachlaß bitten kannst du. Tritt reumütig zu Gott hin, bitt ihn wie ein Kind um Gnade und Barmherzigkeit, weine ein Tröpflein, wenn du kannst – notwendig ist solches aber nicht –, mache hernach einen Rutscher in das Bußgericht und laß dir vom Stellvertreter Gottes, das ist der Beichtvater, deine Schulden liquidieren. Diese Liquidation ist unerläßliche Bedingung für das Aufkommen einer echten und rechten Weihnachtsfreude.

Fürs zweite haltet die äußeren Weihnachtsbräuche, die ihr von Vater und Großvater ererbt habt, treulich ein, und wenn sie zum Teil abgekommen sind, frischt sie alle wieder auf. Schmückt eure Stuben und Zimmer mit Tannenreisig, denn es kommt einer zu euch, der viel vornehmer ist als Bischof und Kaiser. Richtet die Weihnachtskrippe, wenn ihr eine habt, ja sicher auf! In solchen Hauskrippen liegt ein wunderbarer Reiz und Festduft, sie rücken das süße Geheimnis der Menschwerdung Christi allen Hausbewohnern in unmittelbare Nähe, und gewiß läßt sich das Christkind in solchen Krippenstuben mit besonderer Freude nieder. Ihr merkt es förmlich, daß es unter euch ist. – Wenn ihr's im Brauch habt, stellt auch einen Christbaum auf; denn im Christbaum haben wir ein überaus sinniges gemütstiefes Weihnachtszeichen, das aus unserem deutschen Volke hervorgegangen und kerndeutsch ist. Ein berühmter Mann sagte einmal, die Haupteigenschaft des deutschen Volkes bestehe darin, daß es herzlich sei. Dieser Charakter zeigt sich ganz hervorragend in der Weihnachtsfeier, und gerade im Christbaum ruht ungemein viel deutsche Herzlichkeit und Innigkeit. Aber der Christbaum soll nicht nur im Flitterglanz und Lichterschein, umgeben von reichen Geschenken, dastehen, sondern etwas muß immer noch dabei sein – die Hauptsache – nämlich eine Figur oder ein Bild des Christkindes am Fuße des Bäumchens; denn vom Christkind geht alle Weihnachtsfreude aus, wie alle Lichtfünklein von der Sonne. – Weiterhin nehmt am Heiligen Abend den althergebrachten Weihnachtsgang vor mit Räucherwerk und Weihwasser durch Haus und Hof, Stube und Gaden, und bittet das Christkind, daß es euer ganzes Besitztum segne und weihe durch seine göttliche Heimsuchung. Betet an diesem Abend, wie es vor alters Brauch war, die drei Weihnachtsrosenkränze. Und wenn ihr hernach die Krippe beleuchtet oder den Christbaum angezündet habt, dann soll ein Kind oder der Hausvater selbst in Gegenwart aller Hausbewohner das altheimelnde Evangelium von der Heiligen Nacht vorlesen: „In jener Zeit ging vom Kaiser Augustus ein Befehl aus, das ganze Land zu beschreiben" usw. (Luk. 2.) – Horchet in der Heiligen Nacht auf die heimlichen Laute in der Natur, horchet mit Innigkeit auf den nächtlichen Glokkenjubel, der über alle Berge aus und in alle Talwinkel und Schluchten hineinsingt. Gehet dann so zahlreich als möglich zur Christmette und zum lichterstrahlenden Engelamt in der Heiligen Mitternacht. – Selbst das Weihnachtsmahl und den Zeltenlaib am Heiligen Tag sollt ihr, wenn es angeht, nicht abkommen lassen. All diese äußeren Zeichen sind Öltröpflein, mit denen das Licht der inneren Freude genährt wird. – Auch dem „Sternsingen" möcht ich ein Wörtlein reden. Wo nicht Mißbrauch und Unfug und Nachtschwärmerei unterlaufen, sondern wo es ernst und fromm geübt wird, soll man es nur herzhaft durchführen. Es bringt viel Weihnachtsstimmung und warme Christfreude in die Häuser ... Da lebte zuunterst im Unterinntal drunten ein alter gottinniger Mann, ein richtiger Kerntiroler, hatte schneeweiße Haare, himmelklare Augen und ein Gesicht wie ein Prophet. Mit dem Taufnamen hieß er Michael, den Haus- und Schreibnamen weiß ich leider nicht mehr. Dieser Patriarch ging noch in seinen ältesten Tagen „Sternsingen". An jedem Heiligen Abend kleidete er sich als Hirt und ging dann, unter dem einen Arm eine Geige, unter dem andern ein Evangelienbuch, von Haus zu Haus. Wo er zur Stubentür hineintrat, grüßte er: „Gloria in excelsis Deo et in terra pax hominibus!" Dann las er eines von den drei Weihnachtsevangelien vor und knüpfte eine kurze, aber warme Mahnung daran. Hernach stimmte er seine Geige und sang mit eigener Begleitung eines der rührenden alten Krippenlieder. Dabei rannen ihm die hellen Tränen über die Wangen. Und wie er gekommen, ging er wieder fort, ernst und feierlich, ohne ein Wörtlein zu plaudern, ohne irgendwo einen Trunk oder einen Kuchen oder sonst was zu nehmen. Die Leute erwarteten ihn überall mit freudiger Spannung. Sobald er kam, wurde es mäuschenstill wie in einer Kirche. Und wenn er fortging mit dem herzinnigen Gruß: „Der Segen und die Freude unseres lieben Herrn und Heilandes sei und bleibe bei euch!", sagten alle: „Vergelt's Gott!" Das war ein richtiger Sternsinger, der mit seinem Häusergang wohl mehr gewirkt hat als oft ein Pfarrer mit der schönsten Weihnachtspredigt.

Merkt euch: Für Weihnachten ist nichts zu schön und nichts zu gut und nichts zuviel. Je mehr ihr äußerlich vorkehret, desto größer wird die innere Freude sein. Und nun kommt zum dritten die Hauptsache, nämlich die innere Christtagsfreude. Wer nicht einen bodenleeren Kopf und ein eisstarres Herz hat, dem wird es leicht, diese Christfreude recht sonnenhell in der Seele aufleuchten zu lassen. Mach es so. Bei allem, was du daheim tust und anrichtest, denk herzhaft und innig: „Heute kommt der Gottheiland selber mit dem Himmelssegen und Himmelsglück!" – Und wenn du bei der hochfeierlichen Mitternachtsmesse in der Kirche kniest und die Weihnachtsweisen ertönen und die Orgel mächtig rauscht, vielleicht auch etwelche Geigen, Flöten und Schalmeien dazu erklingen, dann stell dir recht lebhaft vor, die Kirche wäre das Feld von Bethlehem, und du wärst ein Hirt, und durch das Kirchengewölbe herein schaute der sternbesäte Himmel. Alsdann denke dir, du hörtest eine liebliche Stimme: „Fürchtet euch nicht, ich verkünde euch eine große Freude: Heute ist euch in der Stadt Davids der Heiland geboren worden, Christus der Herr!" Und wenn dann das Gloria aufjubelt, so stimme ein mit Herz und Mund: „Ehre sei Gott in der Höhe und Friede den Menschen auf Erden, die eines guten Willens sind."

Und letztlich vergiß ja nicht, dem heiligen Christkind etwas zu schenken. Der Heiland hat einmal gesagt, daß er alles, was man dem geringsten seiner Brüder Gutes tue, so annehmen werde, als hätte man es ihm selber getan. Darum wurden in alter Zeit die Armen und Bedürftigen mit dem schönen Namen „die Gottesleute" bezeichnet. Um Weihnachten muß jeder Christ, der irgendwie kann, ein Almosen geben. Weihnachten ohne christliche Liebesgabe sind keine Weihnachten.

Wie das Christkind zum Platzen-Mütterl kommen ist

Man zählte das Jahr 1808, eine schwere Zeit für Tirol. Das schöne Bergland seufzte unter volksfremder Herrschaft und fühlte diese um so bitterer, als man ihm trotz aller Versprechungen nicht nur seine alte, freiheitliche Verfassung, seine Sitten und Gebräuche, sondern auch seinen Namen genommen hatte; ja die fremden Machthaber standen nicht an, selbst in das kirchliche Leben des Volkes mit rauher Hand einzugreifen. So wurde unter anderem das Glockenläuten eingeschränkt, viele Andachten und religiöse Übungen wurden verboten, zum Beispiel alle Rosenkränze, der nächtliche Gottesdienst zu Weihnachten usw. – Im Vinschgau, im Passeier und im Burggrafenamt handhabte man diese staatlichen Religionsgesetze am strengsten. – Die Bischöfe von Trient und Chur, welche den ungerechten Befehlen der Regierung nicht gehorchten, wurden abgesetzt und außer Landes verbannt, an ihre Stelle setzte die Regierung aus eigener Machtvollkommenheit einen Generalvikar in Trient ein. – Die pflichtgetreuen Geistlichen, die nach wie vor zu ihren rechtmäßigen Bischöfen hielten, wurden ihrer Ämter enthoben, verfolgt und eingesperrt, die verwaisten Seelsorgsposten aber an unkirchliche fremde Staatspriester vergeben. – Der Bischof von Chur erklärte sofort diese staatlich besoldeten Priester als unrechtmäßige Eindringlinge und all ihre Handlungen für ungültig; er ermahnte das

Volk, aus den Händen solcher Priester keine Sakramente zu empfangen, ihren Predigten und Messen nicht beizuwohnen und von ihnen keine geistliche Hilfe anzunehmen; den verjagten rechtmäßigen Geistlichen, die sich in den höchsten Bauernhöfen oder in Schlupfwinkeln im Gebirge versteckt hielten, erlaubte er, auch zweimal des Tages Messe zu lesen, sich dabei gläserner und zinnerner Gefäße zu bedienen, wie zu den Zeiten der Christenverfolgung, und das heilige Meßopfer in Kellern, Höhlen, Wäldern darzubringen und es schon um Mitternacht zu feiern.

Es war am Vortag des heiligen Weihnachtsabends des Jahres 1808, als ein altes Weiblein in der Burggräflertracht, ein gebauschtes Regendach in der Linken und einen in ein rotblumiges Tuch geknüpften Pack in der Rechten, langsam durch das hintere Passeier hinaufwanderte. Das Mütterlein kam von Burgstall herein aus dem Etschland, wo es ganz allein ein niederes Häuschen bewohnte. Sein einziger Sohn, der Franz, war Kooperator in Naturns gewesen und hatte beim allgemeinen Kirchensturm als pflichtgetreuer Priester ebenfalls fliehen und sich verstekken müssen. Das Mütterlein wußte seinen Aufenthalt nicht, in den letzten Tagen hatte es aber die schreckliche Nachricht erhalten, daß sein geistlicher Bub, der Franz, von den napoleonischen Schergen aufgefangen und nach Innsbruck ins Gefängnis geschleppt worden sei. Nun wurde das Mütterlein fast krank vor Sorgen und Kummer, es stellte sich das Entsetzlichste vor und fürchtete in seiner Angst, es könne dem geistlichen Sohn ans Leben gehen. Nur kurze Zeit überlegte das Weiblein, dann machte es sich schnurstracks auf die Reise über den Jaufen nach Innsbruck, um den Franz wenigstens noch einmal zu sehen – zu schauen, wie es ihm gehe und was ihm drohe. Auf die Art war das Platzen-Stinl, so hieß das Weiblein, ins Passeier gekommen.

Der Sonnenschein hatte längst seinen rosig-goldenen Mantelsaum über die schwarzen Waldstände und über die spiegelblanken Schneekuppen der Berge hinaufgeschoben, ins Tal senkten sich bereits die abendlichen Schatten, als das Platzenweibl auf einen Bergpfad einlenkte. Recht langsam ging es voran. In der Luft lag eine trockenscharfe, prickelnde Kälte, laut knirschte der Schnee unter jedem Tritt, und nicht bloß an den Zäunen und Baumästen hingen lange Eisnadeln, sondern auch die breite Schneedecke trug einen ruppigen Bart von mattschimmernden Eiskristallen. – Das Weiblein spürte eine bleischwere Müdigkeit in allen Gliedern und einen eigenartigen Schwindel im Kopfe. Wäre in der Nähe ein Haus gewesen, so hätte es um Unterstand gebeten. – Aber nirgends erschien ein Dach, und das arme Mütterlein schleppte sich vorwärts, bis es schließlich mit seinen Kräften zu Ende war. Auf einmal blieb es stehen, fiel dann wie hingeworfen in den Schnee und blieb bewußtlos liegen. Ein paar Knechte fanden es eine Stunde später halberstarrt und trugen es rasch hinauf zum nächsten Bauern, dem Jaufenberger. Dort nahm man das Weiblein, das sich nicht bloß Hände und Füße, sondern auch das Gesicht stark erfroren hatte, mitleidig auf, richtete ihm in der großen Wohnstube ein Bett und rieb ihm die erfrorenen Glieder mit Schnee. Erst nach einigen Stunden begannen die Lebensgeister wieder langsam zu arbeiten. – Die ganze Nacht hindurch bewegte sich das Platzen-Stinl in schweren Fieberphantasien und kam nicht zu sich. In der Früh trat das Fieber mit noch größerer Heftigkeit auf, das arme Mütterlein wurde unter der schweren Decke förmlich emporgeschleudert, und sobald man dieselbe ein wenig zur Seite zog, stieg dichter Rauch vom Körper auf. Am Vormittag des Heiligen Abends kam das Stinl zu Sinnen.

„Wo bist denn her?“ fragte die Bäuerin.

„Von Meran herein komm ich“, erwiderte die Kranke, „hab wollen über den Jaufen gehen nach Innsbruck zu meinem Bub... Weißt, die Franzosen haben ihn eingesperrt... Ist mein Einziges, was ich hab auf der Welt, und jetzt seh ich ihn nimmer... O mein Franz!“

„Du arme Haut!“ sagte mitleidig die Bäuerin; – „wie heißt denn?“

„Stinl heiß ich“, antwortete die Kranke, dann sank sie erschöpft wieder zurück.

Gegen Mittag fing das kranke Mütterlein an zu stöhnen und zu jammern, die Fieberhitze brannte ihm auf den Wangen.

„Hast recht Wehtag?“ fragte Nannele, die Haustochter.

„Oh, das wär schon auszuhalten“, flüsterte das Weiblein, „es tut wohl sieden im ganzen Leib, und soviel zu kalt hab ich; aber von dem wollt ich gar nicht reden, wenn ich grad meinen Bub, den Franz, noch einmal sehen könnt – ist soviel ein guter und lieber Bub und tut mir recht erbarmen; – sei so gut, bind mir den Kopf ein bißchen ein, es brennt soviel, und das Licht blendet mich.“

Das Mädchen band der Kranken ein weißes Tuch um die obere Hälfte des Kopfes, worauf das Mütterlein ruhiger wurde. – – Nach dem Mittagessen richtete der Bauer mit den Knechten in einem Winkel der Stube eine große Weihnachtskrippe auf; sie vermieden dabei, so gut als möglich, jedes Geräusch. – Da begann das Stinl wieder zu reden.

„Gelt, heut ist Heiliger Abend?“ sagte es; „ihr tut die Krippe aufstellen ... Heute nacht kommt das Christkind – ich freu mich schon darauf ... Es wird wohl auch gewiß kommen, nicht?“

„Wenn's die Herren Franzosen nicht verboten hätten, wohl“, bemerkte der Großknecht, „aber so! ... Es ist traurig! Wir haben keine Heilige Nacht und keinen Christtag mehr.“

„Ja, ja, es ist traurig“, versicherte der Bauer; „meinen halben Hof tät ich herschenken, wenn uns die Franzosen grad unsere alten Weihnachten und unsern Herrgott lassen täten.“

„Wenn wir nicht in die Kirche dürfen, müssen wir halt daheim Christnacht halten“, sagte der Mitterknecht.

„Wenn uns nicht die Hauptsach fehlen tät – unser Herr!“ seufzte der Bauer.

„Was, das Christkind kommt nicht!“ rief das Weiblein halb irre ... „Weihnachten und kein Christkind, das wär aus!“ ... Ich will jetzt beten, das Christkind muß kommen – ich hab mich soviel gefreut darauf.“ –

Als der Abend herannahte, kam das Stinl wieder ganz zu sich; es fühlte keine Schmerzen mehr, war aber sehr schwach. Plötzlich sagte es zu der neben ihm sitzenden Bäuerin:

„Heute nacht tu ich sterben!“

„Geh, sei g'scheit“, beruhigte sie die Hausfrau, „das Sterben lassen wir auf zuletzt.“

„Sell woll, aber bei mir ist's zuletzt", beteuerte die Kranke, „ich merk's wohl ... Ich versteh mich grad alleweil auf meinen Bub, den Franz ... Wie's ihm etwa geht? – Im Himmel droben werd ich ihn wohl sehen ... o mein Franz! – Bäuerin, ich hab soviel eine Angst. – Wenn ich grad Unsern Herrn noch einmal haben könnt!"

„Mein liebes Weibele, das wird hart gehen; weitum ist kein rechter Geistlicher", seufzte die Frau, „und den französischen Pfarrer wirst nicht mögen?"

„Nein, den will ich nicht."

„Wenn du's halt notwendig brauchen tätst!"

„Nein – wegen dem Beichten ist's mir grad nicht – da hab ich längst schon abgerechnet, und wenn man so alt ist, vergeht einem das Sündigen wohl; aber Unsern Herrn möcht ich grad noch einmal haben!"

Da der Bauer in die Stube trat, teilte ihm die Bäuerin den Wunsch der Kranken mit.

„Es wird schwer sein", erklärte der Mann. „Vor vierzehn Tagen soll man zwei flüchtige Geistliche droben auf der Alm gesehen haben. – Wenn halt der alte Mesner etwas wüßte, ob noch einer herum ist. – Ich will einmal hinuntergehen zu fragen."

„Sei so gut", flehte das Stinl, „grad einen geistlichen Zuspruch, wenn ich haben könnt!"

Der Bauer ging, kam aber nach einer Stunde verdrossen zurück. Der Mesner war zornig gewesen und beteuerte, er wisse keinen rechten Geistlichen, man dürfe nicht glauben, daß er überall dahinterstecke; übrigens seien gerade jetzt eine Menge französischer Spione herum, und deswegen könne er schon gar nichts tun – – man dürfe die Geistlichen nicht der Gefahr aussetzen.

„So muß ich ganz verlassen sterben!" jammerte das Stinl. – „O mein Franz, mein Franz! . . . Mir ist soviel zeitlang um Unsern Herrn, soviel zeitlang, daß ich ihn nimmer haben kann auf d e r Welt! . . . Heut ist Christnacht, und das Christkind kommt auch nicht – das ist schwer!"

Die Bäuerin und das Nannele weinten. – – Man ging zum Abendessen, hernach wurden die Kerzen in der Krippe angezündet; bei dem Leuchten und Schimmern dieser kleinen Welt, die dem frommen Volksgemüt die Geheimnisse der ersten Weihnacht so lebhaft offenbart, regte sich eine still-wehmütige Freude in aller Herzen. – Man betete drei Rosenkränze vor der Krippe, und während des Betens floß mehr denn eine Träne über die gefurchten Wangen der armen Leute. – Hernach holte das Nannele ein dickes Evangelbuch aus dem Schrank und begann laut das Fest-Evangelium der Heiligen Nacht vorzulesen: „Es geschah in denselben Tagen, daß vom Kaiser Augustus ein Befehl ausging, das Land zu beschreiben . . ."

Da klopfte es plötzlich stark ans Fenster. Der Bauer ging hinaus und kam bald wieder in Begleitung eines Mannes in einem grauen Mantel.

„Gelobt sei Jesus Christus!" grüßte der Fremde und schlug seinen Mantel auseinander.

„In Ewigkeit Amen!" antworteten alle, indem sie überrascht aufsprangen, denn der Ankömmling war ein Priester, dessen noch jugendliche Züge von einem schwarzen Vollbart umrahmt wurden.

 „Ich bin wohl recht da beim Jaufenberger, gelt?" fragte

Hirte mit Engel aus der Krippe aus Götzens von Georg Haller

der Priester; „es hat mir jemand gesagt, daß bei euch ein krankes Weiblein sei.“

„Sell woll, sell woll!“ erwiderte freudig die Bäuerin; „dort liegt sie, die arme Haut – kommt von Meran herein und hat wollen ihren Bub besuchen, der in Innsbruck eingesperrt ist. Wir haben sie gestern halb erfroren gefunden.“

„Wer ist denn da?“ fragte das kranke Mütterlein.

„Ein Geistlicher ist da, ein rechter“, sagte Nannele, die Tochter, „er kommt wegen dir!“

„Ist's wahr? — O Gott sei Lob und Dank — vergelt's Euch Gott zu tausendmal, Hochwürdiger!“ jubelte das Stinl, indem es die Rechte des Priesters mit beiden Händen erfaßte und zitternd an seine Lippen führte.

„Der Mesner ist halt doch ein Schlauch“, flüsterte der Großknecht, „akkurat hat er einen aufgetrieben.“

„O Hochwürdiger, Ihr werdet mir wohl Unsern Herrn bringen?“ keuchte das Stinl mit heiserer Stimme.

„Freilich, Unsern Herrn“, sagte freundlich der Priester; „ich werde hier in der Stube die heilige Messe lesen; hab alles Nötige bei mir im Mantel – – nur ein Kelchglas tät ich brauchen. – Dort unter die Krippe tut ihr einen Tisch schieben und ein weißes Tuch daraufbreiten – ein Kruzifix und zwei Kerzen werdet ihr wohl auch haben.“

„Da kriegen wir ja eine wirkliche Christnacht und Festgottesdienst“, rief der Mitterknecht entzückt.

„Und gar da in unserer eigenen Stube – o die Freud!“ jubelte das Nannele.

„Ich hab's ja alleweil gesagt, das Christkind muß kommen! Ich hab so viel gebetet darum", hauchte das kranke Weiblein.

Auf einen Wink des Geistlichen verließen die Hausleute das Zimmer, und der Priester hörte die Beichte des kranken Mütterleins. – Es dauerte nicht lange. – – Das Stinl dankte in einem fort:

„Vergelt's Gott, vergelt's Gott! – Weil ich grad Unsern Herrn haben kann! – Jetzt kommt's wohl, das Christkind! Jetzt kommt's wohl, o bin ich froh!"

Nannele hatte mit den Mägden vor der Weihnachtskrippe einen hübschen Altar hergerichtet: Eine Menge Kerzen auf niederen Leuchtern brannte am Tisch und um die Krippe, Sträuße aus künstlichen Blumen und Flitter waren aufgesteckt, ein rotseidenes Tuch ging über die Mitte, an den Blumenstöcken lehnten bunte Heiligenbilder. – Der Priester zog aus seinem Mantel die heiligen Kleider, legte sie betend an und richtete alles übrige, was zur heiligen Handlung nötig war. Dann begann er das heilige Opfer, wobei ihm ein Knecht ministrierte. In weihevoller Stille und tiefster Rührung, in gottinniger Freude knieten die Hausleute um den Altar herum. So oft sie auf den opfernden Priester, auf den schimmernden Altar und dann wieder in ihre niedliche Weihnachtskrippe schauten, kamen sie sich gerade vor wie die Hirten in Bethlehem, welche im armseligen Stall in der ersten Heiligen Nacht vor ihrem Heiland knieten; sie glaubten fast, der Himmel sei über ihrem Hause offen, und sie könnten die Engellieder hören. – Bei der heiligen Wandlung mußten alle vor Rührung zusammenweinen. Nun war er ja herabgestiegen, der höchste Gott des Himmels und der Erde, in die arme, niedere Bauernstube – in ihre eigene Stube! — — Nach der Wandlung stießen sich die Knechte und Mägde leise mit dem Ellenbogen und flüsterten etwas miteinander. Dann begannen sie plötzlich zu singen:

„In dem Kripplein will dich grüßen,
O herzliebstes Jesukind! —
Und laß ich viel Seufzer schießen,
Weil ich dich im Stall da find'.

Jesulein, Christkindlein,
Hier hast mein Herz und leg dich drein
Statt dem harten Krippelein!"

Und jetzt rollten auch dem Priester die Tränen über die Wangen. — Bei der Kommunion reichte der Geistliche dem kranken Mütterlein den Leib des Herrn.

„Accipe, soror, viaticum corporis Domini nostri Jesu Christi, qui custodiat animam tuam et perducat te in vitam aeternam! —

Schwester, empfange die Wegzehrung des Leibes Unseres Herrn Jesu Christi; er möge deine Seele bewahren und dich führen ins ewige Leben!"

In seligem Entzücken empfing das Stinl das hochheilige Sakrament, dann murmelte es leise:

„Vergelt's Gott! Vergelt's Gott! — Jetzt ist's schon bei mir, das heilige Christkind — jetzt hab ich's wohl." — —

Die Messe war zu Ende; alle Hausleute standen um den Priester, dankten ihm tiefgerührt, und der Bauer sagte:

„So eine schöne Christnacht hab ich mein Lebtag keine gehabt wie die heutige."

„Ich auch nicht! Ich auch nicht!“ erklärten die andern, und die Bäuerin setzte hinzu: „O unser Herr ist gut – grad gar so viel gut!“

Der Priester ging nun daran, der Kranken auch die letzte Ölung zu spenden. Als er zu den Salbungen kam, mußte man dem kranken Weiblein die Tücher, mit denen der Kopf fast ganz eingebunden und verhüllt war, fortnehmen.

Das Stinl wurde anfangs durch den Kerzenschimmer geblendet, dann richtete es den Blick starr auf den Geistlichen; der Geistliche aber, als er dem Mütterlein jetzt in das volle Gesicht schaute, fing an heftig zu zittern. Noch ein paarmal blickte er scharf hin, dann eilte er, die heilige Handlung rasch ans Ende zu bringen.

„Pax tecum! Der Friede sei mit dir!“ hatte er gesprochen, und jetzt bat er die Hausleute noch einmal, alle hinauszugehen. Diesmal mußten sie lange draußen bleiben. Der Geistliche setzte sich neben das Bett, nahm die beiden Hände der Kranken fest in die seinigen und fragte sanft, indem er sich bemühte, seine Ergriffenheit niederzukämpfen:

„Mütterlein, wie geht's?“

„O gut geht's — garaus gut!“ flüsterte das Stinl, „ich hab ja Unsern Herrn bekommen . . . Aber, Hochwürdiger, Ihr seid mir so bekannt – das heißt: Eure Stimme – – das Gesicht ist fremd, aber die Stimme so bekannt, daß ich mein', wir sind schon einmal beisammen gewesen; ich weiß nur nicht, wo ich Euch hintun soll – im Gesicht kenn ich Euch nicht.“

„Weißt, so ein Bart wächst schnell, und der verstellt

einen“, sagte der Geistliche, indem er sich mit der Hand über die Augen fuhr.

„Ja, ja“, plauderte das Weiblein fort, „habt ihn Euch müssen wachsen lassen, gelt? — — Seid auch so ein armer Hascher, den die Franzosen verfolgen und herumhetzen ... Wißt’s, ich hab auch einen geistlichen Bub, vielleicht kennt Ihr ihn — Franz Senoner heißt er und ist Kooperator in Naturns gewesen. Jetzt haben ihn die Franzosen erwischt und in Innsbruck eingesperrt.“

„Wer sagt denn d a s ?“ fragte überrascht der Geistliche.

„Die Leute daheim haben’s erzählt. Da hab ich so viel Angst gekriegt um den Bub, ich fürcht alleweil, daß sie ihm das Leben nehmen, darum hab ich gewollt nach Innsbruck gehen, den Franz aufsuchen, bin aber auf dem Weg liegengeblieben.“

„Mütterl“, sagte der Priester, „was die Leute erzählen, ist alles erlogen ... Dein Sohn ist nicht eingesperrt, sondern alleweil noch frei und in Sicherheit.“

„Was sagt Ihr da?“ schrie das Stinl, „ist’s wahr? Der Franz ist nicht gefangen? — Kennt Ihr ihn? Wie geht’s ihm denn?“

„Recht gut kenn ich ihn“, erwiderte der Priester, „und es geht ihm nicht so übel.“

„O vergelt’s Gott, vergelt’s Gott!“ schnaufte das Stinl, „jetzt habt Ihr mir alles abgenommen ... O jetzt sterb ich gern ... Sehen tu ich meinen Franz nimmer, d a s weiß ich wohl; aber ich bitt Euch, tut mir ihn recht schön grüßen und sagt ihm, wie ich bis zum letzten Augenblick nur an ihn gedenkt hab; er soll recht für mich beten, daß ich nicht lang leiden muß in der andern Welt!“

Jetzt konnte sich der Geistliche nicht mehr länger halten, er umarmte das kranke Weiblein im Bette und rief unter Tränen:

„Ja, Mutterle, kennst du mich wirklich nicht mehr? Ich bin's ja selber, dein Bub, der Franz!"

Einen Augenblick starrte ihn das Weiblein an, dann schrie es laut:

„Franz! Franz! Mein lieber Franz!"

„Mutterle!"

Das Weiblein sank zurück, und hauchte ganz leise:

„Oh, ist das eine Heilige Nacht! – Mein Bub selber hat mir das Christkind gebracht – und das Christkind meinen Bub – vergelt's Gott!"

Die unerwartete, plötzliche Freude hatte die letzten Kräfte des Mütterleins erschöpft, es griff in die Züge und begann zu sterben. Der Geistliche riß die Türe auf und hieß die Leute hereinkommen. Dann geleitete er sein Mütterlein mit warmem Zuspruch und den kirchlichen Segnungen hinüber zur ewigen Weihnachtsfreude.

Als das Platzen-Stinl verschieden war, erzählte der Geistliche unter Tränen, daß er jetzt seinem eigenen Mütterlein die Seele ausgesegnet habe. – Alle weinten vor Rührung, die Bäuerin aber sagte:

„Oh, ist das Weibele schön gestorben! Ich möcht ihm fast neidig sein ... Uns hat es das Christkind gebracht und ist selber mit dem Christkind hinübergefahren."

Die ganze Nacht blieb der Priester betend bei der Leiche. Als er in der Frühe fortgehen mußte, lag auf seinem Antlitz neben der stillen Trauer auch ein heiterer Frieden. Im Jaufenberghause hinterließ er sein totes Mütterchen, aber auch einen warmen, seligen Weihnachtsfrieden.

Weihnacht auf der Alm

Nicht ganz, aber beinahe auf der Alm steht das Haus. Vom Talboden klettert man gut zwei Stunden an den abschüssigen Waldhängen empor und kommt fast über die Waldgrenze hinaus in eine Hochmulde, wo halb versteckt das ansehnliche Gehöft liegt. Seiner Lage entsprechend heißt es beim Almhofer. Im Winter ist's da droben noch herrlicher als im Sommer. Während auf der Schattseite, wo monatelang kein Sonnenstrahl hinkommt, ewige Nacht lagert, strahlt hier auf den Kämmen der Tagseite die Sonne mit einem Glanz und einer Lichtflut hernieder, daß man glaubt, es sei an neues Gestirn, und man könne die blendenden Reflexe nicht aushalten. Selbst auf die blaudunkle Schattseite hinüber werfen die Reflexe ab und zu einen märchenhaften Schimmer, so daß sie von einem zarten Rosaton angehaucht erscheinen. Die prächtigen Halden liegen schneeweiß eingebettet im tiefen Schlummer, sie treten viel größer und breiter, die Abhänge viel steiler hervor als im Sommer. Welliger und weicher, wie ein ungeheures Federbett, dehnt sich die Alm; denn alle Senkungen werden vom Schnee ausgefüllt, die Hügel abgeebnet. Man sieht von hier tief in die Region der Hochalpen hinein, die sich mit ihren Kuppen und Zinnen, Türmen und Hörnern zur Winterszeit viel mächtiger und höher in blendendweißer Majestät aufbauen. Bei Sonnenaufgang und -untergang entwickelt sich ein Farbenspiel von bezaubernder Schönheit. Alle Farben, vom brennendsten Feuerrot bis zum glastenden Ockergelb, vom zarten Hochgrün bis zum satten Dunkelviolett, kommen und gehen auf den Breitflächen und Zinnen des Gletscherkreises, indem sie wahre Blumenstücke in den Wintergarten des Hochlandes malen.

Da droben beim Almhofer lebte ein vielgenannter Bauerndichter und „Leutprediger", mit dem ich mich seinerzeit stark angefreundet habe. – Der Almhofer-Jörg, ein Bruder des Bauern, war klein von Statur, aber untersetzt, hatte beinahe kindliche Gesichtszüge, eine hohe, geistreiche Stirn, schneeweiße Haare und wasserblaue Augen. Ganze Stöße von urwüchsigen, sinnreichen Liedern und Reimen hatte er gedichtet, die er bei Hochzeiten, Primizen und an Feierabenden in den Bauernhäusern vor einem andächtig lauschenden Publikum deklamierte oder nach einer selbst erfundenen Melodie vorsang. Noch lieber entfaltete er aber seine Kunst als sogenannter Leutprediger. In den abendlichen Heimgarten konnte man ihn da und dort hören, wie er die Geheimnisse der kirchlichen Festzeiten in seiner anschaulichen Dichtersprache auslegte und den Leuten teils in Versen, teils in Prosa so warm und originell ins Herz predigte, daß sein Publikum häufig zu Tränen gerührt wurde. Der Almhofer-Jörg war einer jener Bauernpoeten, wie wir sie in Tirol nicht selten finden, und die nicht nur Lehrer, sondern auch Lieblinge des Volkes sind ... Einmal hat mir der Jörg die innere und äußere Weihnachtsfeier beim Almhofer in schwungvoller Rede und Dichtung geschildert. Ich will einige Züge hierhersetzen:

Der Jörg erzählte:

„. . . Am Heiligen Abend, sobald es zu dunkeln anfängt, erscheinen die „Sternsinger". Voraus schreitet ein als Engel gekleideter Bub, der den goldenen Stern trägt, hinter ihm kommen, als Heilige Drei Könige und Krippenhirten gewandet, die anderen Sänger. Sie stellen sich in einer Reihe um die Weihnachtskrippe in der Stube und lassen im vollen Chor ihre Wecklieder und Christnachtsgesangeln ertönen."

Als ich den Jörg ersuchte, er möge mir einen Sternsinger-Reim vortragen, rief er Brosl, den Großknecht, herein, und die beiden Alten sangen zur Klaubzither mit ihren kräftigen Stimmen folgendes Lied:

„Ihr Hirten, steht's nur auf allg'schwind,
Schaut's fürhin [1] in die Stadt!
Söcht's, wie beim Stall a Foiarl [2] brinnt,
Wer's öppar unzündt hat?

Hö, Lippei [3], heb auf dein Kopf,
Sonst reiß' i di außer beim Tschopf!

Und geht's nur g'schwindi nachifrog'n
Was sich hat zugetrog'n, was sich hat zugetrog'n!

Hö, Hansal [4], hörst denn nit das G'sang
Da draußen auf der Heid?
Lous [5], Veitl, decht [6] dem Musikklang,
Es is a wohre Freud'.

Dös können Leut' nit sein,
Die Musi ist zu fein:

---

[1] Vorhin, [2] Feuerlein, [3] Philipp, [4] Hans, [5] horch, [6] doch.

Ja, ja, i glab, seind Engal gor,
I siach a ganze Schor, i siach a ganze Schor.

Den Nachbarsleut'n müssen mir's sog'n,
Sonst war's uns decht a Spott,
Daß sie dem Kindal Opfer trog'n,
Weil's is der wohre Gott.

Veit, schieb'n ein' Toler ein,
Wenn du sein Göt[1] willst sein!

I nimm a Pfoadl[2] und a Kiß,
Weil's gor a so noatig[3] is, weil's gor a so noatig is.

Und bald mir kemman[4] zu dem Stall,
Nacher nehmt's den Huet in d' Hond;
Seid's nit so grob a decht amal
Und macht's mir heunt ka Schond'.

Wißt's, wie's grüßen müßt?
Gelobt sei Jesus Christ!

Der heunt für uns im Krippal leit[5],
Juchhe, dös is a Freud', juchhe, dös is a Freud'.

Und bald mir kemman[6] zu dem Kind
Nachher laßt's mi glei vorun!
Die Zehn Gebot' so ich ihm g'schwind,
Nachher woaß[7] er, daß i's kun[8].

---

[1] Pate, [2] Hemdchen, [3] notig, armselig, [4] kommen, [5] liegt, [6] kommen, [7] weiß, [8] kann.

Stimmt's d' Geig'n und 's Klarinett,
D' Harf'n a dazue, daß 's geht!

Dös Ding werd' nacher 's Kindal freu'n
Und recht sonft schläfern ein, und recht sonft schläfern
ein.

Das Kindal leit im Krippelein
Und hat vor Kält ka Rueh,
Geht's, macht's ihm decht die Füßlan ein
Und hüllt's es besser zue!

Mei' Pelzkapp' laß i hint,
Meine Handling a fürs Kind;

Mei' Seel' und Leib ihm gonz verschreib'
Und ewig treu verbleib', und ewig treu verbleib'!"

„Die Sternsinger werden reichlich bewirtet", fuhr der Jörg fort, „und ziehen dann in andere Häuser. Man schließt hierauf alle Türen, und der ganze Hof wird mit einer Glutpfanne, worauf die geweihten Palmkätzchen und die am Frauentage gesegneten Blumen brennen, ausgeräuchert. Alle Zimmer werden mit Weihwasser besprengt, Bauer und Großknecht beten während der Räucherung zwölf Vaterunser, um den Einfluß des Bösen in den zwölf heiligen Nächten zu vertreiben. Nachdem von allen Hausleuten der ganze Psalter (die drei Rosenkränze, d. V.) gebetet und die drei Evangelien: zum Engelamt, Hirtenamt und Königsamt vorgelesen sind, geht's zum heiligen Mahl. Es ist dies ein besonders reichliches Essen mit den eigentümlichen Weihnachtsspeisen. – Zuerst rückt das Schmalzmus auf den Tisch, dann eine Pfanne

Weihnachtsbrei. Der Brei ist schneeweiß, es liegen rotwangige Äpfelstücke und schwarze „Weinbeerlen" drin, welche mit dem Brei recht hübsche Kindergesichtchen bilden. Hernach erscheint das eigentliche Weihnachtsgericht: die süßen Krapfen. Diese Krapfen, viel größer als die gewöhnlichen, kommen auf einem weiten Teller nach Art der Dachschindeln übereinander zu liegen. Mit einem Teig aus Mohn, Birnmehl und Zucker bestrichen, wird jede Lage noch mit heißem Schmalz und Honig übergossen. Das Ganze schaut aus wie ein riesiger Tannenzapfen, an welchem außen herunter die Goldtropfen und Silberfäden von Honig und Schmalz sich ziehen. An einem richtigen Weihnachtskrapfenstock dürfen diese schillernden, süßen Eiszäpfchen nicht fehlen. Zum Schlusse rollen die Äpfel, Birnen, gebratenen Kastanien, Nüsse usw. über den Tisch und wird der Weihnachtszelten (Weihnachtsbrot) angeschnitten. Das Vieh im Stalle erhält ebenfalls eine bessere Mahlzeit. – Selbst Feuer, Wind und Wasser werden an diesem hochfestlichen Abend mit Brot gefüttert . . .

. . . In der Heiligen Nacht tut sich der Himmel ein wenig auf, und Sonntagskinder, die ein reines Herz haben, dürfen einen Blick hineinwerfen. Sie hören auch die Engel singen, aber nur ein paar kurze Augenblicke.

O du mein Gott, du mein Gott,
Singen Engelein so fein,
Singen aufe, singen abe,
Schlagen Trillerlein drein!

Draußen auf der Alm suchen die Engel ein Plätzchen aus, und da beginnt auf einmal mitten in der Nacht die

Sonne zu scheinen. Der Schnee schmilzt weg wie Butter, und auf den grünen Fleck legt die Muttergottes das holdselige Christkind nieder. Ein wunderbares Klingen geht durch die Lüfte.

Kling, kling, Glöcklein!
Drei Englein in goldenen Röcklein:
Eins spinnt Seiden,
Eins flicht Weiden,
Eins schließt den Himmel auf,
Läßt ein bißchen Sonn' heraus –
Läßt ein bißchen drinn',
Daraus die Liebfrau Maria spinn'
Ein Röckchen für ihr Kindelein.

Da rücken die hohen Berge alle näher heran und neigen ihr Haupt. Die Vögel werden munter; aber auch die Blümlein alle, die im Sommer da oben geblüht haben, dann gestorben und unter die Erde gesunken sind, die wachen plötzlich auf: Edelweiß und Almrösl, Brunellen und Speik, Engelshut, Liebfrauenglöcklein und Schneeäugl; dann kommen Blumen und Vöglein in langer Prozession her zum Christkind und singen miteinander ein Lied, das so schön und rein ist wie die Musik im Himmel. Nur ganz unschuldige Seelen können das Lied hören, weil dieses Stück noch aus dem Paradiese herstammt, wo auch die Blumen reden konnten. – Das dauert aber nur so lange, als die Glocken drunten in der Kirche zum Gloria läuten. Sind die Glocken verstummt, sinkt alles wieder in Nacht und Schlaf. – Selbst reden hört man die Tiere in der Heiligen Nacht. Der Hahn ruft: „Christ ist geboren!"

Der Hund fragt: „Wo? Wo? Wo?“ Die Schafe sagen: „Z' Bethlehem! Z' Bethlehem!“ Der Geißbock: „Mecht hingehn! Mecht hingehn!“ Der Esel: „J a, j a!“ – Im Stalle tut das Vieh sogar eine Stunde lang mitsammen reden.

... Bevor die Hausleute zur Mitternachtsmesse in das Dorf hinuntersteigen, wird noch der „Wolfssegen“ gesprochen. Dieser Brauch stammt aus der alten Zeit, da der nächtliche Gang zur Christmette durch die wilden Tiere gefährdet war, und man hat den Segen als Erbstück der heiligen Feier beibehalten. – Wunderbar ist der Kirchgang in heller Nacht. Mondschein liegt auf den Bergen, flimmert um die Hochkuppen und Spitzen, die wie ungeheure weiße Tempel dastehen, huscht durch den Wald, blitzende Lichter springen von Ast zu Ast, Eiszäpfchen klingen und knallen. Wenn man stille steht und horcht, vernimmt man die traurigen Stimmen der Berggeister, der „Saligen Fräulein“ auf der Alm, der Zwerge in den Eishöhlen, der „Norken“ am Stein, die ausgeschlossen sind von der Seligkeit und dem Heile der gnadenvollen Nacht – man hört ihr jammervolles Schluchzen, ihr sehnsüchtig Klagen und Wimmern. Von der Kirche herauf aber singen die Glocken den lauten Weihnachtsjubel in die Berge.“

So erzählte der Jörg, nicht gerade in diesem Wortlaut, aber genau dem Sinne nach.

Aus den Schriften eines Bauerndichters

Neben den hundert originellen Reimgedichten und zarten Krippenliedern hat mir der Almhofer-Jörg auch seine Weihnachtspredigten zur Verfügung gestellt. Ich kann mir nicht versagen, eine kleine Auslese davon wiederzugeben.

I.

„Meine lieben Landsleute! Heute will ich einmal eine Predigt halten zu Hilf und Trost für die Armen und Kleinen. – Paßt auf, ich stell ein paar Fragen. – Wem ist in der ersten Heiligen Nacht die Ankunft des Weltheilandes verkündet worden? Zu wem hat denn der Engel die freundlichen Worte geredet: „Fürchtet euch nicht, ich verkünde euch eine große Freude!"? Wer ist denn an erster Stelle zugelassen worden, das göttliche Christkind anzuschauen, anzubeten und anzurühren? – Es waren arme, weltvergessene Hirtenleute, einfache, fromme Bauern.

In der Königsstadt Jerusalem droben – das ist bloß zwei Stunden von Bethlehem fort – da waren viele noble und gescheite, reiche und mächtige Herren. – Der König Herodes hat in seinem goldenen Bett auf weichen Federn und Purpurdecken geschlafen, aber er hat nichts erfragt von der großen Freude drunten in Bethlehem, die aller Welt zuteil werden soll. Die Engel haben ihn in der Heiligen Nacht keineswegs aufgeweckt; sie haben ihn schlafen und schnarchen lassen; er hat vielleicht einen recht bösen Traum geträumt und am End' hat ihn gar der Trud' (Alp) gedrückt. In Jerusalem waren reiche Geldmänner, die auf ihren Geldkisten gelegen sind, damit ihnen ja niemand hineinschmecke und einen roten Heller herauswünsche. Und wie hart sie auch geruht haben auf ihren Talern und Dukaten – die Engel haben sie nicht geweckt und nicht hingeführt zum neugeborenen König, der alle Reichtümer und Güter in seiner Hand hält. – In Jerusalem droben waren viele stolze Pharisäer, die gar nicht gewußt haben, wie hoch sie ihre Nase tragen sollen, die gemeint haben, weil sie von Abraham abstammen, so hätten sie einen Freibrief mit Siegel und Unterschrift in der Tasche für ihre Laster und Sünden und könnten mit Roß und Wagen in den Himmel hineinfahren. In Jerusalem waren viele eitle Gelehrte und Professoren, welche ihre Nase jeden Tag in eine heidnische Zeitung und in Rätselbücher hineinsteckten, die vor lauter Gescheitheit das Gras wachsen hörten, die vor lauter Aufklärung brodelten und gärten wie der Wein im Frühjahr. Aber die Engel flogen nicht zu ihren Fenstern hinein; sie ließen sie fein ruhig duseln und träumen. All die Herren erfuhren kein Sterbenswörtchen vom größten Wunder und vom höchsten Glück, das sich so heimlich und so nahe bei ihnen niedergelassen hatte. In Jerusalem droben wachte vielleicht da und dort eine eitle, reiche Frau, die eben ihren samtenen Wintermantel ausbürstete, ihre seidenen Röcke und Tücher ausbügelte; aber kein Engel schritt zur Türe hinein und sagte: „Komm und nimm eine warme Decke, ein Seidentuch,

GLORIA IN EXCELSIS DEO

Krippe aus Götzens von Georg Haller (1824)

wickle den König der Könige ein, der drunten in Bethlehem friert und darbt."

Die Engel flogen hinaus aufs Feld zu Hirten, Hirtinnen, Bauern und Bäuerinnen, die arm und einfältig, demütig und fromm lebten, die schon lange das Heimweh nach dem Messias hatten.

... Akkurat so ist's heutzutage. Auch heute kommt um Weihnachten das Christkind nicht zu den Stolzen und Gewaltigen, nicht zu den Aufgeblasenen und Aufgeklärten, nicht zu den eitlen Putzdamen und seidenen Gänsen, nicht zu den reichen Geizhälsen, zu den Geldkönigen, sondern zu den Armen und Kleinen, zu den Demütigen und Frommen, die eine Lieb' und Treu' für ihren Herrn und Gott im Herzen tragen – zu allen, die guten Willens sind.

Darum, mein liebes christliches Bauernmensch, wenn du auch nichts verstehst von der Weltweisheit und Gelehrtheit, wenn sich niemand um dich kümmert als der Steuertreiber, wenn du arme und unansehnliche Kleider trägst, wenn kein Geld und Gut, vielleicht auch kein Schmalz und Korn im Haus ist – wenn du aber fromm und demütig zu deinem Gott und Herrn hältst, so kommt er um Weihnachten mit besonderer Liebe gerade in dein Herz und bringt seinen ganzen Himmel mit, voll Licht und Freude. – Und wenn du ein armes Bäuerlein bist, das von den Geldern verfolgt wird, das gerade um Neujahr wieder zinsen muß und nicht weiß, wo den Zins hernehmen und doch mit Weib und Kind über den langen Winter hinauskommen – laß dir's nicht schwer werden! – Wenn's dir recht schwer ist, geh hin zur Krippe und schau ein bißchen herum. Du siehst dort keine goldene

Wiege und kein weiches Flaumenbettchen, das aufgeht wie ein Germkrapfen; du findest keine Samtdecke und kein seidenes Kleid; du findest eine Not und Armutei, rein zum Erbarmen. So bettelhaft arm wie das Jesuskind bist du noch lange nicht. Und neben der Krippe sitzt die heilige Jungfrau in einem dünnen, fadenscheinigen Kleidchen und zittert vor Kälte; alles, was sie besitzt, hat sie eingebunden in einem Tüchlein. Der heilige Josef hat seinen einzigen Mantel ausgebreitet über das Kripplein, und er mag noch so oft in den Winkeln seiner Rocktaschen herumbohren, er findet kein einziges armseliges Kreuzerlein darin, und kein Stäubchen Mehl ist da und kein Löffel voll Schmalz, rein sauber gar nichts zum Beißen. Die drei heiligsten Leute müssen nur „ums Gotteswillen" leben von dem, was ihnen die Hirten zutragen. Und niemand von den reichen Leuten läßt das Christkind holen, sondern Hirten ruft es herbei, die auch sehr kurz abbeißen und bei denen es heißt: „Kommt der Tag, bringt der Tag." – Schau, so lieb hat Gott die Armut und die armen Leute.

Übrigens mußt du auch ein Vertrauen auf den Herrgott haben. Vielleicht, wenn du ihm zu Weihnachten das Herz recht weit aufmachst und ihm Jammer und Elend und Not klagst, schickt er seine Engel und diese tragen dir nicht nur das Herz voll Freude an, sondern auch das Haus voll Segen. – Und wenn du von den Schulden erdrückt und vielleicht gar schon um Haus und Hof gekommen bist, wenn du meinst, du könntest dies Unglück gar nicht vergessen, wenn es dir Tag und Nacht grabt im Herzen und dir allemal einen Stich gibt, so oft du an deinem früheren Heim vorbeikommst – schau, tu dir's nicht zu hart vornehmen! – Das göttliche Christkind hat in Bethlehem nicht einmal eine Herberge gehabt, geschweige ein eigen Haus und Hof. – Gerade mit deiner geduldigen Armseligkeit kannst du dir im Himmel droben ein eigenes Heimatl erkaufen – das schönste Heimatl, d a s es gibt – und da liegen keine Schulden und Hypotheken mehr drauf, und niemand kann dich mehr davon hinauslizitieren; du magst ohne Sorgen und Kummer darauf hocken und hausen die ganze Ewigkeit. Tu dir nur um Weihnachten bei der Krippe die Sach' mit deinem Herrgott gut aushandeln und zahl auch einen ehrlichen Leutkauf, indem du deine Not und dein Unglück bereitwillig dem Heiland opferst. – Kannst auch meinetwegen eins singen nach der Weise:

„All's was i schwitz' und schnauf',
Opf'r i dem Kindlein auf,
Schenk ihm die Kinder und 's Weib obendrauf."

Schau, jetzt wird's hell und schön Wetter in deiner Seele. Halt's fein zusammen und laß dich um Weihnachten nimmer frieren am Herzen!

II.

Heut ist die ganze Welt gestreift voll Christfreude, aber in viele Menschenherzen kommt die Freude nur tropfenweis oder gar nicht hinein; – warum denn? Ja, weil sie die Leut nicht hineinlassen, weil viele Menschen ihr Herzenstürl vernigelt und vernagelt, verlötet und verleimt haben wie einen Pulverkasten. Also schaut, daß ihr den rechten Schlüssel findet, der das Herzenstürl aufmacht und der Freude den Weg räumt. Damit ihr aber nicht lange herumsucht, will ich euch den richtigen Schlüssel gleich sagen, der am Herzenstürl sperrt. Dieser Schlüssel heißt Friede auf Erden, mit Gott und den Menschen.

Weihnachten ist vor allem die Zeit, wo du Frieden haben mußt mit deinem Nächsten, nicht bloß mit dem Russ' und Türk' und Engländer, sondern auch mit deinem Nachbar und vornehmlich mit deinen Hausleuten. Wenn Unfriede im Herzen oder im Haus ist, kommt eine aufrichtige oder gar eine himmlische Freude durch keine Bank nicht auf; sobald nur die kleinste Freude zur Tür hereinschaut, beißt ihr der grimmige Putz schon den Kopf ab. Wenn der Boden gefroren und bocksteif ist, dann wächst kein freundliches Blümlein aus der Erde, und wenn das Herz in Feindschaft und Haß verhärtet ist, muß jede Freudenblume erfrieren. Wenn dir dein Feind zu Weihnachten begegnet, schau ihm einmal grad ins Gesicht, sag ihm ein liebes Wort, tu ihm etwas Gutes an – Weihnachten ist eine Friedenszeit. Und wenn der böse Feind dir noch so laut den Marsch in die Ohren bläst: „Drahn di um! Drahn di um!“, kehr dich grad extra her und mach ein freundliches Gesicht! Um Weihnachten machen alle wahren Christenleut' ein fröhliches, heiteres Gesicht; nur die Ofenhocker drunten in der schwarzen Putzkuchl schauen zu Weihnachten krumm und trotzig, grantig und zornig her – und mit diesen schwarzen Knechten willst du doch nicht Weihnachten halten – gelt nicht?

Die Hauptsache aber ist der Frieden mit unserem Herrn. Wenn einer mit dem Herrgott Kriegshändel hat, dann ist er der armseligste Häuter, und die Weihnachtsfreud' kommt nicht auf zehn Klafter in die Nähe. – Was soll nun der arme Sündenhascher anfangen? – Frieden schließen mit unserem Herrn. Er soll seinen Sündenbock nur mitnehmen in die Kirche, aber nicht gerade gleich zur Krippe hinzudrängen muß er. Es schickt sich ganz gut, wenn er hinten in einer Ecke stehen bleibt wie die Zöllner und recht aus tiefem Herzen schreit: „Herrgott, sei mir armem Sünder gnädig! Da bin ich halt mit meinem Kreuz auf der einen Achsel und mit dem bleischweren Sack auf der anderen. – Ich bring' sie rein nicht mehr weg, den Sack und Pack, weil sie mir angewachsen sind. Wenn du mir noch einmal aus dem Elend heraushelfen würdest, tät ich dir die Füßlein küssen!" ... Und wenn's dem armen Hascher mit dieser Red ernst ist, und wenn er gar einen Löffel voll weint, so wird ihn das Christkind darob nicht auslachen, vielmehr wird's ihm alles abnehmen, was ihn drückt und bückt. Es wird ihm Sack und Pack und Sündenkreuz in den Bach werfen, und leicht wird dem Hascher werden, so leicht wie dem Vöglein, das aus dem finsteren, engen Käfig hinausgelassen wird in den himmelfreien, warmen Frühlingstag!

III.

Den Menschen, die eines guten Willens sind, haben die Engel das volle Weihnachtsglück verkündet und gesungen. Was heißt aber einen guten Willen haben? – Ich will euch ein Geschichtlein erzählen. Bin einmal im Unterland danieden gewesen und mit einem armen, alten Mannl bekannt worden. Das Mannl war bucklig und krump und terisch (schwerhörig), hatte eine armselige, zerlatterte Hütte und einen geflickten Rock – zum Essen nichts anderes als Erdäpfel und steinhartes Brot. Hab' das Mannl einmal gefragt: „Wie geht's denn alleweil, Josele?“ – „Dank der Nachfrag, lieber Jörg“, hat's Mannl geantwortet, „ausgezeichnet geht's mir! – Unser Herrgott ist soviel gut mit mir, grad soviel gut! – Ich hab' alle geraden Glieder und alle frischen Sinne: sehen tu ich wie ein Geier und hören, soviel ich brauch'; ich komm' noch alle meine Wege, hab' ein eigenes Haus und einen warmen Ofen und zum Essen Erdäpfel und Brot, soviel ich derbeiß' . . . Oft schenkt mir der Herrgott auch ein Lackl Milch oder gar ein Pfeifl Tabak — oh, gut ist er wohl, der liebe Herrgott, mit mir! — Ich bin schon recht zufrieden mit ihm – wenn er nur mit mir auch ein bißl zufrieden ist!“ – Jetzt versteht ihr, mein' ich, was es heißt, einen guten Willen haben: Groß zufrieden sein mit unserem lieben Herrn, mit dem, was er schenkt, und mit dem, was er schickt . . . Da ist ein armes Waisenkind. Voriges Jahr hat es noch mit seinen Eltern Weihnachten gehalten. Heute sind die Eltern nicht mehr da, das Kind ist allein und verlassen, hat kein' Menschen mehr, und die Weihnachtsfreude will ihm nicht heraufgehen, es fährt sich alleweil mit dem Tüchlein über die Augen. – Du armes, liebes Waislein, jetzt laß dir was sagen. – Schau, Vater und Mutter sind vielleicht schon beim lieben Christkind im Himmel und feiern droben himmlisch-prächtige Weihnachten. Tust's ihnen nit vergönnen? „O freilich wohl!“ schreist du. – Nun, jetzt wein' halt einmal ordentlich in den Hut oder in die Kappe hinein, dann schaust wieder her und machst ein lustiges Gesicht und sagst zum Christkind: „Zufrieden bin ich wohl mit dir, du hast alles recht gemacht, und ich dank dir für alles.“ – Schau, und damit dir's besser heraufgeht, erzähl' ich dir noch etwas. – Du hast deine Eltern ja nicht verloren, nur einmal aus den Augen gekommen sind sie dir wie einem kleinen Kind, das mit den Eltern auf das Feld gegangen ist, Vater und Mutter bei der Arbeit einen Augenblick nicht mehr sieht und nach ihnen schreit. Bald wirst du sie wiederfinden, schöner und lieber und glücklicher dort in der Himmelsheimat. Da kannst du dich warm mit ihnen zusammenhocken, ihr könnt einander alles erzählen, und Voneinandergehen gibt's keins mehr. – Gelt, jetzt mußt du erst recht weinen? Aber es geschieht vor Freude, und dahinter schaut schon das lichtklare Weihnachtsglück heraus.

Und dort liegen eine schwere Menge Kreuzlein, kleine und große, feine und grobe, grad nach der Auswahl. – Ein jedes davon hat einen Eigentümer. – Der eine ist krank, der andere unschuldig verfolgt und der Ehre beraubt, der hat Unglück im Stall, der im Haus, mit Kindern oder in der Ehe, jener hat ein ängstliches Gewissen usw. usw. Können alle diese Kreuzträger ein rechtes und helles Weihnachtsglück empfinden? O ja, freilich. – Schaut, macht's grad so: Lupft das Kreuzlein, das euch gehört, mutig auf die Achseln und sagt zum Christkind: „Probieren wir einmal –– Hoppau! – Oh, das Ding ist gar nicht so schwer, wie ich mir immer vorgestellt hab'; ich bin schon zufrieden damit und sag' recht vergelt's Gott! – Aber, weißt du, aus dem Kreuzl mach' ich mir ein Leiterlein, und damit steig' ich dir einmal ganz heimlich bei einem Himmelsfenster ein. – Das

Kreuzl ist grad recht für mich, wie angemessen! – Es sind viel größere da, die würd' ich gar nicht ertragen, und die kleineren würden für mich nicht bis ans Himmelfenster g'langen." –

Wenn euch diese Red' ehrlich und zutiefst aus der Seele heraufgeht, dann lacht euch das Christkind mit seinem hellen Sonnengesichtlein an, federleicht wird euch zu Weihnachten ums Herz, und das himmel-heitere Glück kann nicht ausbleiben.

IV.

Weihnachten ist ein Fest zum Singen. – Mit Singen ist schon in der ersten Heiligen Nacht die Geburt des Weltheilandes gefeiert worden: die Hirten sangen auf ihren Feldern, die Engel sangen in den Lüften, die Engel und Hirten sangen an der Krippe, und die Muttergottes selbst wird wohl immer wieder ihren Lobgesang: „Magnifikat – Hoch preiset meine Seele den Herrn!" wiederholt haben. – Mit Singen und Jubeln wird alle Jahre um Weihnachten das liebe Christkind begrüßt. – Wenn einmal im Jahre, so ist es in der Heiligen Nacht, daß jedes christliche Gemüt zum Singen und Jubilieren angetrieben, ja fast gezwungen wird. – Und wenn ich euch heute predigen soll, so predige ich euch nichts anderes als „Singet! Singet all euren Weihnachtsjubel heraus aus der Brust! Singet so hell und fröhlich, als ihr singen könnt!"

Da sehe ich aber schon viele krumme Gesichter und ich merke, daß ihr allerlei Einwendungen auf der Zunge habt. – Einer wird sagen: „Wär' schon recht, singen, aber ich hab' grad jetzt einen scharfen Katarrh, und mir ist die Stimme in den Hals hineingefroren wie das Wasser in den Brunnenstock“, ein zweiter: „Ich hab' eine Stimme wie der Bär im Walde oder wie eine locherige Kuhschelle, und wenn ich anfang' singen, muß ich mir selber die Ohren zuhalten“, ein dritter: „Ich weiß nicht, was singen; hab' mein Lebtag nichts gesungen als das Einmaleins in der Schule und am Kirchtag: „Mei' Vater ist a lustiger“ usw., ein vierter: „Mir hilft niemand singen, und allein ist's nicht kurzweilig“, und andere werden sagen: „Uns sind die Noten zu lateinisch“ und „wir dürfen nicht singen, unsere Hausleut' haben vor dem Singen einen Respekt wie der Karo und Boxl vor der türkischen Musik.“ – Diese Einwendungen kann ich nicht alle beantworten, aber ich sag' grad soviel: Singen kann man nicht nur mit dem Mund, sondern auch mit dem Herzen!

Schaut, jetzt um Weihnachten ist eine warme, heilige Freude in aller Herzen eingezogen. – Hütet diese Freude in eurer Seele, bewahrt euch immer eine dankbare, heiligfröhliche Stimmung, dann singt euer Herz Tag und Nacht, die ganze Woche und das ganze Jahr – und der liebe Gott hat an diesem Herzenssang eine Freude wie am Gloria der Engel in der Heiligen Nacht. – Also merkt, fröhlich sein sollt ihr und euch freuen – das ist auch ein Singen, und nicht das schlechteste.

Da kommt mir gerade der heilige Paulus zurecht. – Am dritten Adventsonntag ist der Apostel besonders gut aufgelegt, und er ruft in der Meßepistel mit lauter Stimme: „Freuet euch allezeit im Herrn; abermals sage ich: Freuet euch! – Eure Sittsamkeit werde allen Menschen kund, der Herr ist nahe!“

Da machen viele Zuhörer lustige Gesichter und meinen: „Das ist einmal eine richtige Predigt – fröhlich sein, lustig sein! – Der alte Jörg sagt's, und gar der heilige Paulus scheint einverstanden damit. – Jetzt nur geschwind die Zupfgeigen her und die Klaubzither!“ – Ich steh' mein Wort nicht um, sondern bekräftige es: „Ja, fröhlich und heiter sollt ihr sein jederzeit!“ Aber paßt wohl auf. Eure Freude darf keine halbe und keine verpatzte, sondern muß eine ganze und rechte sein. Und da sag ich jetzt so viel: Die richtige Freude ist ein Kirchengesang der Seele. Aber dieser Gesang muß stimmen! Wenn er nicht stimmt, ist es eine greuliche Katzenmusik und ein wüstes Geplärr in den Ohren Gottes. – Der heilige Paulus schreibt zu seinem Freudenruf noch ein Wörtl dazu, das nicht überhört werden darf; er sagt: „Freuet euch im Herrn!“ und: „Eure Sittsamkeit werde kund allen Menschen!“ In Sittsamkeit und Ehren sollt ihr euch freuen, nicht in Ausgelassenheit und sündiger Lust. Die sündigen Weltfreuden geben einen abscheulichen Mißklang in der Seele. – Eure Hauptfreude soll sich richten auf den Herrn. Der Herr ist zu euch gekommen und wohnt unter euch, er ist mit euch und bei euch.

Drum noch einmal, singet! Singet jetzt um Weihnachten mit dem Herzen a l l e, und wem es gegeben ist, d e r auch mit dem Munde, so laut und fröhlich, daß es über die Berge hillert!

Muß euch aber sagen – all unser Jubeln und Singen hier auf dieser Erde, mag's noch so schön sein, ist nur ein mißtöniges Raunzen und Jaulen, eine armselige

Stimmprobe auf den ewigen Weihnachtsgesang im Himmel. – Unseren wahren Christtag feiern wir erst droben über den Sternen. Droben werden wir einmal singen so recht aus Herzenslust, droben wird's einem jeden heraufgehen, und droben werden wir erst wissen, was singen heißt. „Kein Auge hat's gesehen, und kein Ohr hat's gehört, und in keines Menschen Herz ist es gedrungen, was Gott denen bereitet hat, die ihn lieben." – Droben gibt's keinen Katarrh mehr und keinen rauhen Hals, droben werden auch die Stummen und Tauben, die Krächzer und Gröler dieser Erde eine klare Engelsstimme erhalten – und zusammenklingen wird's so haarlfein und stimmen so himmlischrein, daß wir grad alleweil aufjauchzen müssen vor Lust und purlauterer Wonne. – – Eins wünsche ich zu dieser heiligen Christzeit, daß ihr nämlich alle einmal bei dem himmlischen Weihnachtschor dabei sein und mitsingen dürft, und daß ich, der Prediger, auch in irgendeinem Himmelswinkelchen sitzen und zuhorchen und von Herzen mich freuen und schließlich ein wenig mitbrummen kann: „Gloria in excelsis Deo!" Amen!

Die Hilzerbuben

Stöffl und Veit haben sie geheißen und gewesen sind's zwei alte Buben – beide tief in den Sechzig drinnen – mit fuchsgrauen Haaren, wasserblauen Augen und einem fast kinderhaft klaren, jungfröhlichen Ausdruck in ihren alten Gesichtern. Sie waren zwei Brüder, der Stöffl von Profession ein Schuster und der Veit ein Binder, hausten schon dreißig Jahre mitsammen in dem altersmorschen, wackligen Hilzerhäuschen droben unter dem alten Wald, hatten Frieden mit Gott und den Menschen und besonders untereinander. In dem engen Stübchen mit den halbblinden Butzenfensterchen und dem braunen, wurmstichigen Getäfel klopften und hämmerten sie um die Wette – platsch, platsch der Schuster, und pum, pum der Binder – und plauderten und lachten den ganzen lieben Tag ohne Aussetzen, als ob sie das erstemal beisammen wären. Abends nahm der Veit seine Zither und der Stöffl seine Klarinette, dann spielten sie lustige Weisen oder es spielte der Veit allein und sie sangen zweistimmig dazu helle Liebfrauen- und Weihnachtslieder, daß es hoch in den Wald hinaufschallte. Für Weihnachten hatten der Stöffl und der Veit eine ganz närrische Freud' und Begeisterung; sie brauchten bloß von Weihnachten eine Silbe zu hören, dann fingen beide an zu trillern wie die Lerchen. Es konnte bei ihrem kinderfrohen, hellen Gemüt nicht anders sein, denn Weihnachten ist vor allem ein Fest der

Kinder. Aber zu Weihnachten hatten die Brüder auch eine strenge Zeit. Sie mußten nämlich die unverhältnismäßig große Weihnachtskrippe mit anderthalbhundert gekleideten Figuren, die sie vom alten Knappenbauer gekauft hatten, aufstellen. Davon wurde das enge Stübchen so voll, daß nur mehr ein Tisch, ein kleiner Dreistuhl und ein halb gebinderter Waschzuber Platz fanden. Diese Einzwängung machte aber den alten Buben nichts, im Gegenteil, sie konnten es alle Jahre fast nicht erwarten, bis sie die Weihnachtskrippe aufrichten durften, denn sie hatten dabei ein Gefühl, als ob das Christkind leibhaftig bei ihnen eingekehrt wäre und ihr Stübchen wieder in Besitz genommen hätte.

Und wieder einmal in den letzten Tagen vor Weihnachten hatten sie die große Krippe vom Dachboden heruntergeholt und kleisterten und flickten und färbten und stellten an den Figuren – der eine emsiger als der andere. Heuer sollte das Kunstwerk besonders schön und reich ausgestattet werden. Aber da geschah etwas Unglaubliches, etwas, was noch gar nie dagewesen war. Die zwei Brüder kamen in Uneins. Der Stöffl arbeitete dem Veit zu langsam, der Veit dem Stöffl zu nachlässig und schluderhaft.

„Schleun' dich ein bißl", spornte der Veit, „sonst werden wir bis Lichtmessen nicht fertig! – Schau, kein' einzigen Baum hast noch aufgestellt und der Stall ist nicht gedeckt – und wo sind denn nachher die Heiligen Drei Könige?"

„Die Heiligen Drei Könige sind noch im Morgenland", erwiderte der Stöffl, „haben noch Zeit genug; aber du könntest deine Sach' schon auch ein bißl fleißiger machen.

Schau, der Hirt da hat noch ein Loch in der Hose, und der Hohepriester hat gar den Kopf verloren, und dem Verkündigungsengel brauchst du schon auch keinen Dudelsack in die Hand zu geben."

„Und du brauchst nicht eine ganze Stund' über dem Tempeldach zu sitzen, es zahlt sich nicht aus, derweil verlottern die Weg' und die Zäune."

„Und was tut denn das Höckerweib da unter dem Schüppel Engel, was springt denn der Nachtwächter mit dem Besen herum und der Kaminkehrer mit der Latern', ha?"

„Warum hast denn die Straßen von Bethlehem noch nicht gekehrt und die Turmwacht nit einmal ausgestellt, was sudelst denn alleweil an dem Tempel herum, ha?"

„Laß ein bißl Zeit, du hudriger Schußbartl, du Zippel-Zappel!"

„Schlein' dich ein bißl, du langsamer Saundler, du Trödelkaspar!"

Der Streit wurde brennend, immer giftiger schossen die Reden hin und her, zuletzt fuhren sich die beiden Brüder gar in die Haare und begannen regelrecht zu raufen. In der Hitze des Kampfes schoben sie die Stützbretter zur Seite, der Krippenberg fiel mit schrecklichem Gepolter um und zertrümmerte die schönsten Vorrichtungen. Jetzt ließen die alten Buben erschrocken voneinander ab und betrachteten mit verstörten Mienen den Greuel der Verwüstung. Lange Zeit waren sie nicht fähig, auch nur ein Glied zu rühren. Endlich griffen sie doch zu, stellten den Berg wieder auf und klaubten die zerbrochenen Sachen darunter hervor. Mit unsäglicher Mühe gelang es, den Schaden einigermaßen zu reparieren. Es mußten jetzt auch die Nachtstunden zur Arbeit herhalten, damit das Ganze noch rechtzeitig fertig würde. Fieberhaft werkten die zwei Brüder; sie sprachen aber kein Wort miteinander, schauten sich entweder gar nicht oder nur mit finsteren, grimmigen Blicken an. Am Vorweihnachtstag zu Mittag war die Krippe endlich fertig, und sie stand fast nicht weniger glanzvoll da als andere Jahre; kein Schimmer der Weihnachtsfreude strahlte jedoch in das Herz der zwei alten Buben. Diesmal hatte mit der Krippe nicht das wonnige Christkindl in ihrer Stube Herberge genommen, sondern der schwarze Raggersbart mit seiner Unfriedenswolke. Das ganze Weihnachtsglück war ihnen geraubt, und sie hätten weinen mögen vor Wehe und Herzensjammer. Aber keiner brachte es über sich, den ersten Schritt zur Versöhnung zu machen, weil jeder glaubte, der andere habe den Streit angefangen und müsse auch den Frieden wieder anbahnen. So hockten sie in der gedrücktesten Stimmung da, wichen sich mit den Blicken aus und verbitterten sich immer mehr gegeneinander. Spät am Nachmittag erinnerte sich der Veit, daß sie noch nichts gegessen hatten. Er ging in die Küche und backte Germkrapfen im Schmalz. Als er diese auf den Tisch brachte, drehte der Stöffl knurrend seinen Rücken her und rührte keinen einzigen an. Nun aß auch der Veit nichts und trug die Krapfen wieder fort. Über eine Weile holte der Stöffl einen Butterknollen aus dem Gaden und setzte ihn auf den Tisch. Da drehte sich aber der Veit knurrend weg und regte keinen Finger. So konnte der Stöffl auch nichts essen, und der Butterlaib wanderte ungeschoren in den Gaden zurück. Es wurde Nacht. Die feindlichen Brüder verstockten sich immer mehr. Sie zündeten heute nicht wie andere Jahre die Lichter in der Krippe an und lasen auch nicht miteinander die herrliche Erzählung des Festgeheimnisses aus dem alten Evangelibuche. Der Stöffl lag auf dem Ofen droben, wälzte sich auf den harten Brettern und ächzte und keuchte, der Veit brütete durch das Fenster in die Nacht hinaus und seufzte und stöhnte. Die Zeit verging langsam. Plötzlich fingen die Glocken drunten in der Dorfkirche an, in vollem, mächtigem Chore den „Weckruf" zu läuten. Jetzt sagte der Veit unwirsch:

„Wenn du zur Metten und zum Engelamt gehen willst, mußt dich anlegen und richten."

„Ich geh' heut' nicht in die Kirche", knurrte der Stöffl, „das Christkind möcht' keine große Freud' haben, wenn zwei so alte Zankeisen daherkommen."

„Ich geh' auch nicht", grollte der Veit.

Einige Minuten später rumpelte der Stöffl vom Ofen herab und lehnte sich ebenfalls an ein Fenster, um hinauszuschauen. – Der ganze Berg war inzwischen lebendig geworden. Die Häuser standen beleuchtet, auf allen Wegen tanzten und wirbelten Lichter und Lichtlein, der Fackelschein strahlte weit über die schneeigen Wiesen und weckte lange, huschende Schatten hinter den Zäunen und Bäumen, ab und zu erschallten jubelnde Kinderlaute, und die Glocken klangen immer feierlicher und heller. Da konnte es der Stöffl nicht mehr aushalten – e i n e Weihnachtsfreude mußte er doch haben. Langsam tappte er zur Krippe und zündete alle Lichter darin an, so daß die Stube im taghellen Schein erstrahlte. Sobald der Veit das Schimmern und Glänzen in der Krippe sah, faßte auch ihn ein unwiderstehlicher Drang. Er setzte sich an den

Tisch, nahm die Zither von der Wand und begann leise zu stimmen und zu klimpern. Über eine Weile sagte er barsch:

„Geh her und sing!"

Der Stöffl zögerte, dann kam er, halb widerstrebend, doch näher und fragte knurrend:

„Was willst denn singen?"

„Den ‚Lippal' müss'n wir singen!" raunzte der Veit. Zugleich griff er kräftiger in die Saiten und zupfte ein frisches Vorspiel heraus. Das Lied begann. Sie sangen abwechselnd – die eine Zeile der Veit, die andere der Stöffl –, die letzte Zeile aber sangen sie jedesmal beide miteinander. Und das ging so:

„Lippal, sollst g'schwind aufstian [1]!"
‚Was denn tuan?'
„Mi' wundert's, daß d' schlofen kannst!" –
‚I schlof' schuan [2].'
„Geh mit mir auf die Woad [3],
Schau'n, was dös Ding bedoat [4] –"
„‚So liacht is wie bei Tog — was war das?'"

Die erste Strophe klang noch frostig, heiser und krächzend, aber sie sangen weiter, und die Stimmen wurden weicher und wärmer.

„So steh decht [5] auf amal!"
‚Gib an' Fried!'
„Die Lämper [6] sein all dahin –"
‚Glab' is nit!'
„Alle sein s' auf der Weit',

---

[1] Aufsteh'n, [2] schon, [3] Weide, [4] bedeutet, [5] doch, [6] Lämmer.

So steh' decht auf, sei g'scheit":
„‚Mir müss'n suchen gian [1], dös war schian [2].'"

„Die Musig währt a schon long."
‚I hör nix.'
„Hast dei' Pfeif' a bei dir?"
‚Bin schon g'richt.'
„Die Eng'l, die singen oben,
Es war' a Kind geboren –"
„‚Wen's der Messias war', dös war rar.'"
„Is gor vom Himm'l g'stieg'n":
‚'s kloane [3] Kind',
„Muß in dem Stall dort lieg'n –"
‚War a Sünd!'
„Woll' mir's in d' Stub'n trog'n,
Woll' mir's mit'nander hob'n!"
„‚I hätt' die größte Freud' – du warst g'scheit.'"

Der Stöffl drückte und der Veit schluckte; eine Zeitlang brachten sie keinen Laut mehr hervor. Dann faßten sie sich mit aller Kraft und fuhren fort:

„Woll' mir an' Opfer trog'n –"
‚Is scho recht';
„I tat' a Lampal [4] hob'n –"
‚Wenn's oans mecht' [5];
„Es ist so voller Not
Und ist der wahre Gott –"
„‚Hat gor koa Hörberg nit – loig [6] decht nit!'"
„'s Kindal liegt auf dem Heu."
‚Hat's koa Bött?'

[1] gehen, [2] schön, [3] kleine, [4] Lämmchen, [5] möchte, [6] lüg.

„Es'l und Ochs a dabei –“
‚Fress'n 's Gsött' [1];
„I gib mei' Röckal her,
Sonst hab' i a nix mehr –“
„‚Mit d e m muß's z'fried'n sein, bild' dir's ein!‘“

„Bethlehem heißt der Ort –“
‚Wer hat's g'sagt?‘
„Mir hat's ein Engel zeigt“;
‚Hast'n g'fragt?‘
„Dort, wo der Stern brinnt,
Dort liegt das kloane Kind“:
„‚Woll' mir a hingian, geh' m'r nur g'schwind!‘“

„Kuß dem Kind d' Hond amerst [2]!“
‚Hob' koan' Muet –‘
„Er hat uns all derlöst –“
‚War' schon guet';
„‚O allerliebstes Kind, verzeih' uns uns're Sünd'!
Mir wollen's nimmer tuan, bitt' di schuan [3]!‘“

Die letzten Worte: „O allerliebstes Kind, verzeih' uns unsre Sünd'! Mir wollen's nimmer tuan, bitt' di' schuan!“ hatten sie beide miteinander und so laut, als sie nur herausbrachten, gesungen; jetzt war es aber um sie geschehen, sie weinten vor Zerknirschung und Ergriffenheit hellauf zusammen.

„O mein lieber Veit, gelt, wir wollen's nimmer tuan? huuhuuu ...“, schluchzte der Stöffl.

„Bitt' di schuan! – Stöffl, oohoooh ...“, heulte der Veit.

---

[1] gesottenes Heu, [2] zuerst, [3] schön.

Und dann drückten und schüttelten sie einander die Hände, als ob sie zwanzig Jahre getrennt gewesen wären.

„Veit", sagte der Stöffl, „jetzt singen wir das Lied noch einmal, aber schöner und feiner."

Der Veit griff in die Saiten, die Stimmen setzten ein, und diesmal klang es fester und feuriger, ganz aus der tiefsten Seele heraus. Nach der ersten Strophe tat der Stöffl einen hellen Jauchzer – juhui! –, nach der zweiten jauchzte der Veit – juiii! –, nach der dritten jauchzten alle beide mitsammen – juijuhui! –, und nach der letzten weinten sie ein Gesätzlein. – Dann sagte der Veit:

„Stöffl, was bin ich für ein Esel gewesen!"

„Veit, und was ich für ein Ochs!" bekannte der Stöffl.

„Stöffl, weißt was?" lachte jetzt der Veit; „Ochs und Esel gehören zur Krippe unseres Herrn; darum gehen wir nur geschwind in die Kirche hinunter, daß wir noch etwas vom Christkind erwischen!"

Da war der Stöffl dabei. Flugs eilten sie in die Kammer, zogen ihr Festtagsgewand an, steckten jeder den Schützenbuschen aus Flitter und künstlichen Blumen auf den Hut, dann löschten sie die Kerzen und stürzten zur Türe hinaus. Auf dem gebahnten Wege ging es ihnen zu langsam, darum wateten sie mitten durch den Schnee die kürzeste Strecke zum Dorf hinab. Als sie in die Kirche hineintraten, stimmte der Priester eben das Gloria an, alle Glocken läuteten den Jubel hinaus in die Nacht, die Orgel rauschte, die Musik tönte – und die zwei Hilzerbrüder hätten vor Glück und Seligkeit wiederum fast aufgejauchzt. Die Leute aber wunderten sich, daß die beiden alten Buben diesmal so spät in den Mitternachtsgottesdienst gekommen waren.

Nächtlicher Umgang

Ein halbes Dunkel, ein halber Schein –
Das schleicht und webt durch Halde und Hain,
Lichternde Schatten auf Türmen und Zinnen,
Die von Haus zu Haus ihre Fäden spinnen –
Von den Bergen schwebt's zum Grund hernieder
Und steigt vom Grund zu den Bergen wieder:
Ein geisterhaft Wandeln und Wallen,
– Die Nacht ist auf's Land gefallen,
Von tausend Nächten die einzige Nacht,
Voll Gnade, Herrlichkeit und Macht,
Die Nacht, da der Vater vom himmlischen Thron
Zur Erde schickt sein' göttlichen Sohn.

Schon steht weit offen die Himmelstür,
Und Engelein schieben und drängen herfür,
Im Haare silberne Kränzlein und Krönlein,
In Händen Kerzen und seidene Fähnlein –
Und Sternlein zünden und flimmern und glanzen,
Umwirbeln den Zug und flackern und tanzen.
Und alsbald kommen im Purpurgewand
Die Heiligen alle nach Rang und nach Stand –
Jetzt unser Liebfrau mit dem Christuskind,
Auf schimmernden Wolken, getragen vom Wind,
Sankt Joseph geht still und ernst daneben,
Tut unser Liebfrau den Mantel heben;

Zu viert dann die Kirchenväter, die alten,
Die über das Christkind den Traghimmel halten:
Das Christuskind auf dem Wolkenthron
Hält heute feierlich Prozession
Auf Spitzen und Jöchern rund umeinand,
Von Berg zu Berg durchs Tiroler Land.

Sankt Gabriel winkt mit dem Lilienstab,
Der Zug wallt langsam vom Himmel herab –
Man höret zwischen der Harfen Klingen
„In excelsis gloria" singen;
Und hinter dem Christkind, in langen Reihen,
Geordnet schön zu zweien und zweien,
Sieht man die alten Tiroler Leut' kommen,
Die schon im Himmel Herberg' genommen –
Sie beten – wallend – andächtig leise,
Dumpf murmelnd und ernst nach ihrer Weise:
„Gebenedeit ist die Frucht deines Leibes Jesus Christ,
Der heut zu Bethlehem uns geboren ist . . ."

Jetzt geht es im hellen Strahlenschein
Durchs Bergertörl ins Landl herein. –
Am Ködnitzkees und der Kalserscharten,
Da muß der Festzug stehen und warten;
Denn auf dem Großglockner, an höchster Stell',
Da hält man das erste Evangel . . .
„Sequentia sancti evangelii", klingt es,
Evangelist Sankt Lukas, der singt es,
„In illo tempore – zu jener Zeit
Regierte Augustus weit und breit,
Der alle möcht zählen lassen und beschreiben,
So wie sie heißen und was sie treiben . . ."

Und er schließt mit einer gewaltigen Fuge
In einem mächtigen Atemzuge:
„Gloria in altissimis Deo et in terra pax
Hominibus bonae voluntatis."

Wie wieder alles ruhig und stad is,
Da hört man ein feines, silberdünn's Stimml,
Das tönt wie mitten heraus aus dem Himm'l:
„A fulgure et tempestate!"
Und der ganze himmlische Chor im Verein
Vielhundertstimmend und klingend fällt ein:
„Libera nos Domine Jesu Christe –
Vor Donner und Blitz und vor bösem Wetter
Sei uns ein Schirmer und gnädiger Retter!"
– „Fiat misericordia tua, Domine, super nos –
Nimm uns in deiner Barmherzigkeit Schoß,
Sei unserm Hoffen und Harren ein Leiter!"
„Dominus vobiscum" – und so weiter.

Nun hebt das Christkindl sein schneeweißes Handl
Und segnet nach allen vier Ecken das Landl:
„Benedictio Dei omnipotentis –
Der Segen des Herrn ohne Bewendtnis,
Der soll bei euch sein und immerfort bleiben
Und hundertfältige Früchte treiben." –

– Da zuckt es und kracht auf den Gletschergründen
Wie Böllerdonner aus Dutzend Schlünden –
Vom Kalstal steigen und wogen und wallen
Als Weihrauch schimmernde Nebelballen –
Der Jochwind und seine Musikanten,
Die spielen ein' Marsch auf den Felsenwanten –

Im Bannwald die mächtigen Fichtenstämme
Bewegen und regen die Gipfelkämme
Und schaukeln und wiegen und rauschen von weitem,
Als wollte der Bannwald zusammenläuten.

Jetzt geht der Zug über'n Donnerstein
Und tiefer und tiefer ins Landl herein,
Und überall, wo er vorüberzieht,
Ein rosiger Schein durch die Alpen flieht –
Ins finstere Tal wirft er glühende Funken
Und tut die Berge ins Feuer tunken.

Am Ortler muß wieder der Umgang halten,
Das zweite Evangelium einzuschalten ...
Das goldene Buch ist schon aufgeschlagen,
Sankt Lukas tut weithin singen und sagen,
Wie die Hirten flink zum Heiland gekommen,
Das Kindlein auf ihre Arme genommen,
Es geherzt, geküßt und innig verehrt
Und lobend und preisend dann heimgekehrt.
Jetzt tut das Christkind mit goldhellen Blicken
Liebfreundlich hinunter aufs Landl nicken,
Wo auch ein Hirtenvolk zu sein' Füßen
Treufromm herauf tut beten und grüßen,
Im Vinschgau und Inntal und über dem Fern,
Vom Etschland hinüber bis an den Schlern –
Es segnet das Landl nach allen Seiten,
Die Hütten und Häuser mit Vieh und mit Leuten.

Nun geht übers Ötztal und Stubai ein Schimmern,
Das Zuckerhütl tut glashell aufflimmern,
Und hoch zum Himmel ragt leuchtend klar

Krippenrelief von David Moroder

Der Waldrasterspitz als ein Festaltar.
Der Scharnitzer Wind, der bläst zum Appell,
Auf dem Waldrasterspitz ist das dritte Evangel,
Das hat der Apostel Matthäus zu singen –
Hat's einst auch geschrieben vor allen Dingen . . .

Er singt, wie die Weisen mit ihrem Stern
Vom Morgenland kommen zu Christus, dem Herrn,
Wie sie nach langem Suchen und Plagen
In der Davidsstadt das Christkind erfragen,
Anbetend vor ihm in die Knie fallen
Und ihre goldenen Schätze ausschnallen,
Hierauf nach eines Traumes Bedeuten
Auf anderem Wege heimwärts reiten.
Da nun des Segens hehrer Choral
So voll und mächtig klingt in das Tal,
Hört man die alten Tiroler Helden
Am Tummelplatz und am Isel sich melden;
Vom Mittagstein und der Höttinger Scharte,
Vom Bettelwurf und der Kaiserwarte
Durchdringt die Berg' ein gewaltiger Schall,
Und gespenstig donnert der Widerhall:
Wir lassen Tirol nit verraten, verhandl',
Wir, 's Andreas-Hofer- und Herrgottslandl!"

Nun kommt der Umgang zum vierten Stand
Am Kitzbühler Horn im Unterland;
Das Evangel muß St. Johannes lesen,
Der einst der Liebsjünger gewesen . . .
Er singt mit jauchzendem Jubelton
Vom ewigen Wort und Gottessohn,
Der Fleisch geworden, zur Welt gekommen

Und unter uns Menschen hat Herberg' genommen,
Und hat gezeigt voll Gnade und Wahrheit
Die ganze himmlische Glori' und Klarheit.

Und wiederum rauschet im Alpenkreise
Des Segens hocherhabene Weise –
Vom Zillerkopf ins Vomperloch,
Von der Hohen Salv' zum Kellerjoch,
Durchs Salzburg über den Sonnberg-Riegel
Ins Bayerland zum Chiemseespiegel –

Jetzt steigt als herrlichste Segensgab'
Das Christkind selber ins Landl herab –
Es wandert durch alle Straßen und Gassen,
Tut sich in den Kirchen niederlassen
Und kehret in alle Häuser ein,
In alle Hütten und Kämmerlein –
Und läßt in alle Herzen sich betten,
Die einen guten Willen hätten ...

Da zittert das ganze Landl vor Freuden
Und tut sich in Glanz und Gefunkel kleiden,
Ein einzig Singen und Loben und Preisen
Erschallt in tausend jubelnden Weisen –
Und widerhallend erklingt noch die Bitte
Zum Christuskind aus der Bergesmitte:
„Heb' einmal in' Himmel 's Tirolerlandl,
Wie's liegt und wie's steht in sein' Weihnachtsgewandl!"

Was der Einsiedl von Unteralm erzählt

Die allergrößte Weihnachtsfreud

In den fast zweitausend Jahren, die seit der ersten Heiligen Nacht vergangen sind, hat die Weihnachtsfreude Millionen und Millionen Menschen durchglüht und durchwärmt. Aber die allergrößte Weihnachtsfreude, die je einem Menschen zuteil geworden ist oder noch zuteil werden wird, hatte die seligste Jungfrau und Gottesmutter Maria. Um ihre Weihnachtsfreude zu ergründen, muß man nicht nur die Augen, sondern auch das Herz weit aufmachen; denn das Herz sieht mehr als die Augen, es erschaut auch alle Dinge tiefer und klarer. Nicht alles, was ich im folgenden erzähle, ist in der Heiligen Schrift niedergeschrieben, wenigstens steht es nicht so ausführlich und so buchstäblich genau drinnen; aber mit dem Herzen kann ich es zwischen den Zeilen herauslesen.

Fürs erste: Nach einer frommen Überlieferung war Maria noch ein blutjunges, zartes Jungfräulein, als ihr der Engel die Botschaft brachte, daß sie Mutter des Herrn werden solle. Und da sprach der Engel die bedeutungsvollen Worte: „Du bist gebenedeit unter den Weibern", was soviel heißen will als: „Du bist ausgezeichneter, Du bist mehr zu loben und höher zu preisen als alle Mädchen und Frauen, die jemals in der Welt waren und noch in die Welt kommen werden; denn Du hast mehr Gnaden und Vorzüge empfangen als alle anderen." Nun dürfen wir wohl annehmen, daß Gott seine liebste Tochter und die Mutter seines Sohnes nicht bloß mit übernatürlichen, sondern auch mit natürlichen Vorzügen und Vollkommenheiten reicher ausgestattet habe als jedes andere Frauenbild der Erde. Darum glaube ich bestimmt, daß Maria auch dem Leibe nach, rein äußerlich, die schönste von allen Frauen der Erde war. Aber ihre Schönheit war durchwebt und überhaucht vom schneeweißen Reiz einer engelhaften Unschuld, von einer lilienstrahlenden Jungfräulichkeit, so daß jedermann, der sie anblickte, von tiefster Ehrfurcht und Rührung ergriffen wurde. Sie mochte an Hoheit, Wohlgestalt und blühendster Jugendreinheit einem Engel gleichen, der einen Menschenleib angenommen hat. – Weiterhin dürfen wir annehmen, daß Maria auch durch die natürlichen Eigenschaften ihrer Seele alle Menschen überragte. Daß sie einen sonnenhellen, klaren Verstand, einen heldenhaft starken Willen, das treueste Gedächtnis und ein herzensgutes Gemüt, ein ungemein starkes Gefühl und warmes Empfinden hatte. Aus diesem Grunde schon – das können wir uns vorstellen – sah sie mit unbeschreiblicher Freude, Liebe und Sehnsucht ihrem Kindlein entgegen. Denken wir uns irgendeine junge Mutter, die weiß, daß ihr der liebe Gott ein Kindlein schenken wird. Sie sehnt sich von ganzem Herzen nach dem Tage, da sie das erstemal ihr Kindlein sehen und in ihre Arme nehmen darf. Was für eine Sehnsucht wird erst das Jungfräulein Maria nach ihrem Kinde gehabt haben, sie, die mit ihrem abgrundtiefen Gemüt alles hundertmal stärker fühlte und empfand als jeder andere Mensch? Aber zu dem natürlichen Gefühl kam noch die übernatürliche Liebe und Sehnsucht. Maria wußte, daß ihr Kindlein nicht bloß ein Mensch, sondern auch Gott, der Sohn des ewigen Vaters, sei; mit ihrem klaren Verstand und überdies durch eine innere himmlische Erleuchtung erkannte sie all die göttlichen Eigenschaften, die Majestät und Herrlichkeit, die Menschenfreundlichkeit, die unendliche göttliche Schönheit ihres Kindes heller und besser, als dies je einem Menschen möglich war. Und nun können wir beiläufig ahnen, was für ein riesengroßes Verlangen nach ihrem Christkindlein sie gehabt haben wird. Hundertmal des Tages fragte sie sich: „Wie wird mein Gotteskind sich sehen lassen? Wie wird Gott in Menschengestalt zu schauen sein?“ Ihr Herz brannte völlig vor Sehnsucht, Gottes Antlitz in ihrem Kindlein zu schauen. Inbrünstig seufzte und betete sie: „Gleich wie der Hirsch verlanget nach Wasserquellen, also verlanget meine Seele nach Dir, o Gott . . . meine Seele dürstet nach Gott . . . er ist das Heil meines Angesichtes und mein Gott!“ (Ps. 41.) Die brennende Sehnsucht zehrte an ihrem Körper. Immer schmaler und weißer wurde ihr Gesichtlein, und doch lag ein rosiger Schein auf ihren Wangen. Wie ein schneeweißes Röslein, das von einem rötlichen Hauch wunderzart durchschimmert ist, war sie anzusehen. Von Tag zu Tag wurde ihre Sehnsucht, das Verlangen, Gott selber als ihr Kindlein mit den leiblichen Augen zu erschauen, größer und glühender. — — Folgen wir nun dem Verlauf der Dinge.

Am offenen Stubenfensterchen des Häuschens von Nazareth sitzt Maria, das hochedelste Jungfräulein der Welt. Hat ein Gesicht, so rein und fein und fromm und leuchtend, daß man g'rad' meinen könnt, es hätt' es von einem Engel geliehen. Zwischen den zarten Fingern hat die Jungfrau ein schneeweißes Linnen – sieht einem Kinderwindelchen gleich – und stickt mit rotem Faden gar kunstreich, so wie sie es in der Tempelschule zu Jerusalem gelernt, den Namen Jesus hinein. Sie stickt und stickt und flüstert innig: „Bald, bald wird das liebe Gotteskind in diesem Linnen ruhen!" ... Da legt sie ihr Köpflein zärtlich auf das Tuch, muß es aber schnell zurückziehen, denn die hellen Tränen stürzen ihr aus den Augen. – Darf das Linnen nicht naß machen. Es sind aber keine leidvollen Tränen; die Jungfrau weint aus purer Freude und Rührung. Küßt auch hundertmal, derweil sie stickt, zärtlich, zärtlich das Linnen und singt mit honigsüßer Stimme die Verslein aus Salomons Hohenlied, dem schönsten Lied, das je gedichtet worden: „Mein Geliebter ist weiß und auserkoren aus Tausenden. Sein Haupt ist das beste Gold, seine Haare sind wie Palmenkronen. Seine Augen sind wie Tauben an Wasserbächen. Seine Wangen sind wie Gartenbeete ... seine Hände wie aus gold gedreht. Seine Gestalt ist wie der Libanon, er auserkoren wie Zedern ... Wo ist dein Geliebter hingegangen, o schönste der Frauen? Wohin hat sich gewendet dein Geliebter? So wollen wir ihn mit dir suchen!" – – Und draußen vor dem Häuschen zimmert ein Mann, dem die treuherzige Biederkeit aus den Augen schaut, an einem Holzgestell. Soll gar ein Bettstättlein werden für ein kleines Kind, und der Zimmermann trachtet es so schön zu machen, als seine gröbliche Kunst es zuläßt. Hat auch ein Farbentiegelchen neben sich, um einen Kranz von roten Röslein hinaufzumalen. Wie er die Jungfrau drinnen singen hört, tropfen ihm die hellen Zähren über die Wangen; er kniet nieder und küßt das Brett, an dem er hobelt. Sind beide voller Wonne und sehnsüchtiger Erwartung, das Jungfräulein und der Mann, aber gar nicht unruhig; denn die stille Erwartung ist süß.

In ihrem Häuschen da aber dürfen sie die große Freude nicht erlangen. Über Nacht kommt ein Edikt vom Weltkaiser Augustus, daß das ganze Land beschrieben werde, und die zwei Bewohner des armen Häuschens müssen schnell fort nach Bethlehem, wohin sie zuständig sind, um noch rechtzeitig Namen und Verhältnisse in die kaiserlichen Listen eintragen zu lassen.

Anfangs ist das Jungfräulein erschrocken und fast traurig geworden. Es wäre gar so schön gewesen, hier in dem trauten, lieben Häuschen das Gotteskind zur Welt zu bringen und die ersten süßen Stunden allein mit ihm ungestört zu genießen. Doch nein, es kann nicht sein. Sie begreift es wohl. Für Gott, den Herrn über Himmel und Erde, ist dieses Häuschen viel zu eng, zu schlecht, zu armselig. Er will in einem glänzenden Königspalast oder in einem hohen, vornehmen Herrenhause geboren werden. Wie soll das geschehen? Sie weiß es nicht, aber Gott weiß es und kann es machen.

„Wie Gott will, mir ist alles recht, ich bin die Magd des Herrn!"

Schnell ziehen sie das Feiertagskleid an, Maria ihr bestes und Joseph sein bestes. Mehr als zwei haben sie nicht; auch das beste ist ärmlich und von grobem Tuch. Aber fein und weich sind die schneeweißen Linnen, an denen die Jungfrau so lange gewaschen, gebügelt, genäht, gestickt hat. Die tut sie sorgsam in ein Päckchen und nimmt es mit. Dann geht es auf die harte Reise. Fuhrwerk gab es dazumalen keines; ein Eselein oder gar ein

Reitpferd zu mieten, dahin langten ihre paar kleinen Münzen nicht. Freudig und heiter schreitet die Jungfrau in ihren dünnen Schühlein aus. Sie schaut nicht links, sie schaut nicht rechts, sondern hat die Arme über der Brust gekreuzt und lächelt immer still in sich hinein. Weit ist der Weg und rauh der Pfad. Von dem langen Wandern bekommt das zarte Jungfräulein Blasen an den Sohlen und wird ganz matt. Sagt aber kein Wort und scheint es gar nicht zu merken. Sie hat viel, viel anderes zu denken und findet keine Zeit, nur einmal auf sich zu achten. Nachgerade wird sie so schwach, daß sie nicht mehr weiter kann. Da geht Joseph in ein Dorf, Speise zu holen, und sie rastet derweilen auf einem Stein. Als er zurückkehrt, ißt sie ein weniges, dankt ihm lächelnd, und dann machen sie sich wiederum auf den Weg. Joseph stapft voraus, langsam, ehrfürchtig, gesenkten Hauptes, wie ein Knecht, der das Höchste Gut begleitet. Sprechen tun sie wenig oder nichts. Aber die Jungfrau flüstert doch ununterbrochen, leise, leise mit einem, der nicht zu sehen ist. Sie wird schon jemand sehen! Auf ihrem Gesicht ist immer das stille, süße, sonnige Lächeln. Auch wie sie nach dreitägiger schwerer Wanderschaft in die große, prunkende Stadt Jerusalem hineinschreiten, in die engen Gassen, voll Menschen und voll Lärm, da sieht und hört das Jungfräulein nichts; es schaut nicht auf, denkt nur an etwas, denkt nur an einen. Er wird schon einen Herold oder einen Trabanten schicken, der sie hineinführt in einen vornehmen Palast, strahlend von Gold und Silber, wo für Gottes Sohn eine Geburtsstätte ist, die ihm ein bißchen ansteht. Sie stellt alles Gott anheim, er mag tun mit ihr, was er will. Allein in Jerusalem schert sich kein

Krippe von Franz Staud

Mensch um sie. Das vieltausendköpfige Volk rennt und lärmt an ihnen vorbei, keiner grüßt sie, keiner sagt ein Wort, daß sie irgendwo eintreten sollen. So ziehen sie wieder zum anderen Tor hinaus und wandern müde nach Bethlehem hinunter.

Und drunten im Davidsstädtchen wimmelt's von Leuten, die auf Eseln, auf Kamelen, auf Pferden, mit Säkken und Päcken daherkommen. Alle Quartiere werden voll bis unter das Dach; alle Zugereisten erhalten ein Plätzchen. Nur das Jungfräulein und sein Begleiter wandern stadtauf, stadtab, Gasse aus, Gasse ein und finden keine Herberge.

Gott wird's schon machen. Sicher stehen die Tore eines herrschaftlichen Hauses offen, und man hat schon die besten Gemächer für den Herrn der Welt eingerichtet. Vielleicht suchen die Diener schon nach ihnen!

Aber in ganz Bethlehem kümmert sich keine Seele um die zwei armen Leutchen. An hundert Türen hat Sankt Joseph, der gute, treue Mann, schon angeklopft und demütig um einen Unterstand gebettelt. Überall wird er abgewiesen, da mit glatter Rede, da mit kalten Worten, da mit grobem Schimpf.

Und nun ist's Nacht geworden, ein frostiger Wind bläst durch die unruhigen Gäßchen, alles ist so fremd, so ungastlich, nur die lieben Sternlein winken und grüßen freundlich vom Himmel nieder. Voll Wehe schaut St. Joseph auf die heilige Jungfrau, die vor Kälte zittert und fast umsinkt vor Müdigkeit. In der ganzen Welt ist keine so vornehme Frau, keine Königin der Welt ist so hoch und adelig wie diese; allein vor der Welt steht sie als Bettlerin da und findet nicht einmal ein Dach für ihre gesegnete Stunde.

St. Joseph flüstert ihr etwas ins Ohr, da hebt sie zum ersten Male das Köpfchen, schaut verwundert herum und klagt dann leise:

„Ach Joseph, liebster Joseph mein,
Wo werden wir heute kehren ein?“

Traurig erwidert er:

„Jungfrau, liebste Jungfrau mein,
Ich weiß ein altes Stallelein,
Das wird wohl unser Herberg sein.“

Und wieder flüstert sie:

„Joseph, liebster Joseph mein,
Soll das des Kindleins Wohnstätt sein?“

„Ach, liebste Maria, tritt herein,
Keine Herberg kann ich bringen ein!
Viel besser als draußen im kalten Wind
Ist's hier bei Esel und Rind.“

St. Joseph geleitet das heilige Jungfräulein in den Stall. Dort sinkt es auf einen Büschel Stroh und schläft vor Müdigkeit, noch bevor es sein Nachtgebetlein angefangen. Braucht auch gar kein Nachtgebetlein zu sagen, denn es hat auf dem ganzen Wege gebetet. Auch dem treuen Begleiter fallen schnell die Augen zu.

Und sie haben beide einen wunderlieben Traum. Es kommt ihnen vor, Gottvater hätte das goldene Himmelstor weit aufgetan und sie in den Himmel zur Herberge geladen. Und wie sie mitten in der Nacht plötzlich erwachen, glauben sie wirklich, sie seien im Himmel. Aber bald merken sie, daß nicht sie im Himmel eingekehrt sind, sondern der Himmel bei ihnen.

Auf dem nackten Erdboden da vor ihnen liegt ein Kindlein, so ein schönes, süßes, herziges, wie die Welt noch keines gesehen hat und nimmer eines sehen wird. Es ist weiß und rot wie ein Apfelblütlein und leuchtet wie die Sonne, so daß der Glanz und Schimmer in dem Stalle nicht Platz haben und weit nach außen dringen.

Bei diesem Anblick kommt Maria, die heilige Jungfrau, ganz außer sich vor Freude, und ihr Antlitz fängt auch an zu glänzen – wie eine kleinere Sonne. Sie ist auf die Knie niedergesunken und schaut in unaussprechlichem Entzücken ihr Christkindlein an und schaut es immerfort an, wagt jedoch nicht, es zu berühren, sondern breitet nur mit den Fingerspitzen ein weißes Tüchlein darüber. Nun lächelt ihr das Kindlein engelsüß zu. Weil sie aber sich immer noch nicht getraut, es anzufassen, hebt das Kindlein in erstaunlicher Demut mit rührender Gebärde seine Händlein und faltet sie zu ihr, als wollte es bitten: „Du liebes jungfräuliches Mütterlein, schau, ich bin so arm und allein, so fremd und verlassen auf der Welt, nimm Du mich an, nimm Du mich an!“ Da schießen Maria die hellen Tränen in die Augen, sie greift mit ihren weißen Händen, die vor Ehrfurcht zittern, nach dem Kinde, hebt es langsam zu sich empor, drückt es an ihr Herz und küßt es dann mit unbeschreiblicher Innigkeit auf die Wänglein, auf die Äuglein, auf das krausige Haar, dabei flüstert sie herzensheiß wohl hundertmal hintereinander: „Jesulein, Jesulein! O mein, mein Jesulein!“ Und in dem Wörtlein liegt ein so süßer Klang, als ob

Honig in ihrem Munde flösse. Von dem Übermaß der Liebe und des Entzückens wird das Jungfräulein mit dem Kinde in die Höhe gehoben und schwebt eine Zeitlang wie ein Engelchen in der Luft. Es sieht nichts mehr, es hört nichts mehr vor Wonne, vor Liebe, vor Glück, es weiß nichts mehr von Erde und Menschen und meint gar, es wäre nicht mehr auf der Welt, sondern im Himmel, allein mit seinem Christkindlein. – Draußen aber singen die Engel: „Ehre sei Gott in der Höhe und Friede den Menschen auf Erden, die eines guten Willens sind!"

Meine liebe Seele, jetzt glaubst du es gern, nicht wahr, daß niemand je eine größere Weihnachtsfreud' gehabt hat als die Jungfrau Maria? – Nun, weißt du was? Knie dich vor ihrem Bilde nieder und sage recht herzinbrünstig: „O reinstes Jungfräulein, Mutter des Christkindes und meine himmlische Mutter, gib mir freudearmem Menschenkinde nur ein Tröpflein vom Reichtum Deiner Weihnachtsfreude! Du hast die Weihnachtsfreude selber, das göttliche Kind, auf Deinem Arm. Gib mir wenigstens sein Händlein, daß ich es küssen darf!" – Und wenn du Christkindleins Hand in der deinen hast, laß sie nicht mehr aus, sondern sprich mit aller Liebe, der du nur fähig bist:

„O Jesus, Du viel edles Blut,
Nach Dir mein' Seel' verlangen tut,
Du bist so lieb und wonnereich,
Kein' Lust der Erde ist Dir gleich;
O bleib auf ewig Du bei mir,
Nichts soll mich trennen mehr von Dir!"

Wie der Helm-Lienhart das Christkind gefunden hat

Dreihundert Meter über dem Ort Grießenplan giebelt der Steingartenberg, aber himmelhoch über diesen ragt noch der Kraxentrager empor, der mit seiner wuchtigen Figur und den weitgezogenen Hängen das ganze Tal beherrscht. In einem Winkel des Steingartenberges, dort, wo er mit den Ausläufern des Kraxentragers zusammenstößt, hockt ein rotbraunes Holzhäuschen mit weißen Fensterrahmen und engen, flimmernden Guckfenstern. Das Häuschen gehörte dem Helm-Lienhart und steckte einstmals zu Weihnachten so tief im Schnee, daß man von ihm beinahe nichts sah als seinen breitkrempigen Gupfhut, will sagen, das weit vorspringende Dach mit der fast klafterhohen Schneelage darauf. Mitten im Advent hatte es nämlich einen großmächtigen Schnee, „einen Eselsschnee", wie es die Leute nannten, hergeworfen, und der Lienhart brauchte vierzehn Tage, um den Weg vom Helmhäuschen bis zu den Nachbarhäusern auszuschaufeln. Just um Weihnachten waren die Steige nach allen Seiten wieder offen. In glasklaren, wunderbar farbigen Lichtspielen versank am Heiligen Abend die Sonne hinter den Bergen, denn in der Höhe ging der „Sommerwind" (Föhn). Die milde, weiche Luft in dem schneegefüllten Tal machte die Menschen doppelt froh und ließ die Feststimmung noch heller auf ihren Gesichtern erglänzen. Nur droben im Helmhäuschen schien die Weihnachtsfreude nicht recht durch die engen Fensterchen und die niedere Tür hineinzukommen. Kein Zeichen des holden Festes war in der traulichen Wohnstube zu sehen, der Lienhart saß mürrisch und gelangweilt hinter dem Tische und buchelte aus seiner Pfeife, als ob er ein Selchermeister wäre und müßte etliche Dutzend Würste und Speckseiten räuchern. Mehrmals kam ein blasses, doch sehr hübsches junges Weib herein und tat freundlich, aber die Züge des Mannes wurden nicht heiterer. Auch das muntere Geplauder eines krausköpfigen, etwa fünfjährigen Bübleins vermochte nicht den schlechten Humor des Vaters zu verscheuchen. Doch lächelte der Mann dem Kinde öfters zu. An heiligen Tagen und Festzeiten hatte der Lienhart immer einen schlechten Humor. Seit er vor drei Jahren aus Eisenerz zurückgekehrt war, wo er sieben Monate im Bergwerk gearbeitet und ein ziemliches Geld verdient hatte, fehlte es bei ihm stark im inneren Gebälke. Er ging nie oder selten mehr in die Kirche, betete zu Hause kein Vaterunser, schimpfte über „Pfäfferei" und „Geisteskechtung", versicherte ein ums andere Mal, er sei viel zu gebildet und gescheit, als daß er etwas glauben könne, und er kreuzigte durch sein Unchristentum seine brave Frau, der er im übrigen von Herzen zugetan war. Er hing stark an der Frau, noch mehr aber an Seppele, dem Kind, das er fast anbetete.

Heute abends stellte die Frau dem Lienhart sein Lieblingsessen auf den Tisch, und die Stirn des Mannes glättete sich ein wenig. Plötzlich sagte das Weib sanft und bittend:

„Lienhart, gelt, heute gehen wir alle miteinander zur Mette und Mitternachtsmesse?"

„Was Messe und Mette!“ fuhr er zornig auf. „Die Nacht gehört zum Schlafen und nicht zu bigottischem Schnickschnack.“

„Mein Gott, Lienhart, red nicht so“, bat sie; „Heilige Nacht ist nur einmal im Jahr, und da gehen alle Leute zur Kirche, weil da Unser Herr vom Himmel uns seinen Segen bringt.“

„Hahaha, den Segen geb ich mir selber, wenn ich fleißig arbeit und was Gescheites lies.“

„Alles Arbeiten nützt nichts ohne Gottes Segen. Und wir müssen auch unser Büblein vom Christkind segnen lassen.“

„Am End meinst du gar, das Seppele soll mit in die Kirche.“

„Warum denn nicht? Weihnachten ist ein Kinderfest, und die Kinder gehören zum Christkind.“

„Du bist verrückt, Martina. Ein Kind für nichts und wieder nichts bei Nacht in der Kälte herumziehen!“

„Es ist gar nicht kalt heute. Oben bläst der warme Wind. Tu nur das Fenster auf, dann kannst du hören, wie der Kraxentrager singt.“

„Und drunten im Dorf ist die Halsbräune. Willst du das Kind mit Gewalt anstecken?“

„Die Halsbräune hat längst aufgehört. Seit Kirchweih hört man nichts mehr davon.“

„Ist's, wie's will. Ich laß das Kind nicht in Gefahr bringen, daß es sich verkühlt und krank wird.“

„Wenn Unser Herr das Kind nicht segnet, kommt's in tausend Gefahren. Wir müssen das Christkind bitten, daß es mit seinem Segen auch bei uns einkehrt.“

„Ich brauch das Christkind und seinen Segen nicht.“

„Lienhart, Lienhart, tu dich nicht versünden. Wenn dein Vater eine solche Red hören tät, müßt er sich im Grab umkehren. Dein Vater war ein christlicher Mann."

„Laß meinen Vater in Ruhe und mich auch! ... Sperr die Haustür, heut geht niemand mehr fort."

„Ich geh hinunter zum Goldenen Amt; das kannst du mir nicht verwehren", erklärte sie bestimmt, „du weißt, was wir ausgemacht haben."

„Ja, ja, wir haben ausgemacht, du sollst mich mit deinen Predigten verschonen", rief er unwillig; „von mir aus kannst du deinen Betschwestereien nachlaufen, soviel du willst. Meinetwegen plag dich für nichts und wieder nichts, es ist deine Sache."

Die Frau sagte nichts mehr. Da verlangte aber das Büblein, man solle ihm die neue Hose anziehen und das schöne Röckchen, daß es mit der Mutter in die Kirche gehen könne, das Christkind anzuschauen und die Engel singen zu hören. Nur mit Mühe brachte der Vater das Kind von seinem Wunsche ab. Er versprach ihm, mit der Zither eine schöne Musik zu machen und die Glanzvögelein aus dem Kasten herunterzuholen, mit denen könne es dann spielen, solange es wolle. Dadurch ließ sich das Seppele endlich beschwichtigen.

Schon um halb 10 Uhr machte sich die Frau auf den Weg zur Kirche, denn vom Helmhäuschen bis zum Pfarrdorf waren es anderthalb Stunden. Die Frau konnte anfangs keine rechte Feststimmung aufbringen, auf ihrer Seele lastete schwerer Kummer. Doch je weiter sie ging, desto friedsamer und feierlicher wurde ihr ums Herz. Vom Kraxentrager herab kam ein merkwürdiger Ton; bald klang es wie das Rauschen einer Orgel, bald wie der langgezogene Hall einer Posaune. Das war der Südwind, der sich da oben in den Bergwanten fing und durch eine eigenartige Schallwirkung hier unten den Klang von Blasinstrumenten vortäuschte. Sooft der Südwind in der Höhe stärker ging, konnte man diese geisterhaften Töne hören, und die Leute sagten, der Kraxentrager singe. Heute sang der Kraxentrager besonders stark, und Frau Martina hatte ihre Freude daran; schien es ihr doch, als ob die Berge dem Weltheiland entgegenjubelten. Weitergehend kam sie hinaus auf die Berghalde, und da tat sich ein zauberhaftes Bild vor ihren Augen auseinander. Unter ihr lag das dunkle Tal mit den gesprenkelten Wäldern, über ihr der dunkle Himmel, und dazwischen ging im weiten Kreise ein breiter, strahlender Silberstreifen herum; das war der Mondschein, der langsam und leise an den schneeweißen Spitzen und Kämmen der Berge herniederstieg. Die Sterne am dunklen Himmel glänzten wie pures Gold und standen heute ganz ruhig, als ob sie auf etwas Außerordentliches warteten. Eine große, unnennbare Stille ruhte in dem Tale, nur ab und zu trug ein Lüftchen das hellere Rauschen eines Wassers herbei, und das klang wie das Atemholen der schlafenden Berge. Mit einem Male schlugen in die nachttiefe Stille hinein mächtige, runde, volle Töne und wiegten und wogten talaus, talein. Die große Glocke im Dorf ließ ihren Weckruf durch die Nacht erschallen. Bald fielen auch die anderen Glokken ein, das ganze Tal von unten bis oben war voll von dem Singen und Klingen, und die Berge sangen und klangen mit. Frau Martina glaubte, in all dem Glockenjubel das Engellied zu vernehmen: „Ehre sei Gott in der Höhe und Friede den Menschen auf Erden.“ Sie beschleunigte ihre Schritte. Als die Glocken verstummten, hörte man Leute reden, sah aber keine; die Stimmen kamen wie aus einer andern Welt. Und langsam und andächtig ging der silberne Mondschein an den Bergen herunter. Als er den Talboden erreichte, konnte man sehen, wie lange, schwarze Menschenreihen von überall her der Kirche zueilten. Zuäußerst im Dorfe trabte der Nachtwächter, in Mantel und Kapuze und eine rote Laterne in der Hand, durch ein Gäßchen herunter. Er trug heute auf seinem Spieß einen flimmernden Stern und sang mit heller Stimme:

„Hat elf Uhr geschlagen ...
Zu Bethlehem, in Davids Stadt,
Wie der Prophet verheißen hat,
Ist heut geboren Jesus Christ,
Der aller Welt ein Heiland ist."

Die Häuser im Dorf trugen mächtige Schneekappen, und vor den Häusern standen hohe Schneemauern; dazwischen aber guckten die hellerleuchteten Fenster wie funkelnde Augen auf die Straße heraus.

Am hellsten schimmerten die hohen Kirchenfenster. Da drinnen knieten wohl an tausend andächtige Menschen, und fast alle hatten einen brennenden Wachsstock neben sich. Das ganze Gotteshaus leuchtete und strahlte, und die vergoldeten Zieraten am Kirchengewölbe blitzten, als ob es lauter vergoldete Sternchen wären. Vorn auf dem Altar aber prangte mitten in einem Lichterkranze die herzige Figur des Christkindleins, halbliegend in der Krippe, in einem lichtroten Seidenkleidchen, beide Ärmchen ausgestreckt, wie wenn es die ganze Gemeinde in Liebe umfangen wollte.

Frau Martinas Augen hingen fast während des ganzen Gottesdienstes an der lieblichen Figur des Christuskindes. Als der Pfarrer das Gloria anstimmte und die Glocken feierlich dareinklangen und die Orgel majestätisch durch das Heiligtum rauschte und ein paar Dutzend jubelnder Stimmen den Engelschor der Heiligen Nacht sangen, da empfand Martina eine kinderhafte Wonne und Rührung, sie hätte grad mitjubeln mögen, und doch war in ihrem Herzen neben aller Freude etwas Bleischweres. Später, bei der Wandlung, da der Gottessohn wirklich und wahrhaftig vom Himmel stieg und sich in Brotgestalt auf dem Altare niederließ, sickerten helle Tränen zwischen Frau Martinas Fingern hindurch. Sie betete ein dutzendmal hintereinander: „Du liebes Gotteskind, segne mich und die Meinen. Laß meinen Mann nicht ganz auf der Seite stehen, und wenn er dich nicht will, will du ihn." – Nach dem letzten Evangel erklang noch ein altehrwürdiges liebes Hirtenlied vom Chore; es wurde merkwürdig still in dem weiten Gotteshaus, das Husten und Räuspern verstummte, und alles lauschte den süßen Tönen. Mitten in dem Lied ging aber ein dumpfes Rollen und Schüttern durch die Kirche.

„Ein Erdbeben!" flüsterte Martinas Nachbarin im Kirchenstuhl. Martina nickte stumm, doch zitterte ihr ganzer Körper vor Schreck, und sie konnte einer unerklärlichen Angst nicht ledig werden.

Unterdessen hatte der Lienhart zu Hause mit dem Kinde gespielt, hatte zwei farbige gläserne Vögel aus dem Kasten geholt und sie auf dem Tisch herumspazieren lassen, hatte auch die Zither gestimmt und ein paar Tänze heruntergezupft – da trillerte das Büblein vor Vergnügen mit seinem hellen Stimmchen. Doch allmählich wurde das Kind müde und schläfrig. Es legte sich hinter dem Tische auf die Bank nieder, und der Vater deckte es mit seinem Rocke zu. Er selbst dachte nicht ans Schlafengehen. Der Streit mit dem Weibe hatte ihn stärker aufgeregt, als er vermeinte, und immer von neuem wallte der Ärger in seinem Herzen auf. So konnte er nicht schlafen. Um sich zu beruhigen, nahm er eine abgegriffene Zeitschrift von der Wandstelle und begann zu lesen. Doch die Geschichte langweilte ihn, und seine Gedanken kehrten immer zur Frau zurück. Martina war gut und schön; doppelt gern würde er sie haben, wenn sie nur nicht so bigottisch wäre. – In dem Sinnen und Strubeln verging die Zeit; er merkte es gar nicht, daß die Uhr schon zwölf schlug. Was war denn das heute für ein Summen? Natürlich, das werden die Kirchenglocken sein, die auch in der Nacht keine Ruhe geben. Nein, es kommt von oben her. Tut der Kraxentrager heute so wild? Der Lienhart öffnete ein Fenster; da schlug ihm eine fast heiße Luftwelle ins Gesicht; vom Kraxentrager aber posaunte es hernieder, als ob ein Büffelhorn geblasen würde. Da oben ist ein richtiger Südsturm. Und jetzt fauchte es an die Fenster und rüttelte an den Balken. Akkurat fällt der Wind in die Tiefe. Das kann ein Glatschwetter abgeben! Das Fauchen und Rütteln des Windes stieg. Jetzt polterte es an die Wand und klopfte so merkwürdig unter dem Dach. Nein, fürchten tat sich der Lienhart nicht, aber nicht bald einmal war ihm so unheimlich gewesen wie heute. Plötzlich steigen ihm die Haare zu Berge. – – Was ist denn das? Was ist denn das? – Das Häuschen bebt, von fern her kommt ein Rollen, immer näher, immer furchtbarer tost und dröhnt es, jetzt wird das Häuschen in seinen Grundfesten erschüttert – ein wildes Krachen und Splittern – unwillkürlich reißt der Lienhart den schlafenden Knaben von der Bank auf und drückt ihn an sich ... die Türe springt knallend auf, die Fenster gehen zu Scherben, und da kommt es herein, dick, wulstig, etwas Weißes, etwas Gräßliches, das Kind winselt, die Lampe flackert in die Höhe und verlischt; nun ist's da, es legt sich dem schlotternden Manne auf die Brust, kalt, eiskalt, schmerzlich, es preßt und drückt ihn furchtbar – oh, es erdrückt ihn, es erdrückt ihn, ein tiefer Atemzug röchelt noch aus seiner Brust, dann keiner mehr.

Der warme, feuchte Wind hatte die ungeheuren Schneemassen an den Steilhängen des Kraxentragers gelöst und eine Riesenlawine entfesselt. An dieser Stelle, wo ziemlich weit den Berg hinauf dichter Wald stand, war nie eine Lawine niedergegangen. Und gar das Helmhäuschen hätte kein Mensch für gefährdet gehalten, denn es war am jenseitigen Berghang, gut einen Scheibenschuß von der Senkung des Kraxentragers entfernt, auf einem Wiesenvorsprung erbaut.

Aber diese Lawine war so ungeheuer, daß sie das ganze Tälchen ausfüllte. Mit ihrer letzten Welle hatte sie das Helmhäuschen erreicht und es vollständig zugedeckt. Sie war auch durch Tür und Fenster eingedrungen und hatte den knolligen Schnee fest in das Häuschen hineingepreßt. Mitten in der kalten, harten Masse drinnen stekken der Lienhart und sein Kind. Der Lienhart hatte unter dem fürchterlichen Druck das Bewußtsein verloren. Plötzlich wachte er wieder auf. Rings um ihn war es eisige, finstere Nacht, Totenstille herrschte und etwas Bleischweres, Kaltes lag auf seiner Brust. Ist er denn gestorben und ruht er im Grabe? Nein, nein, es geht ja sein Atem und er fühlt, wie der Puls an den Schläfen hämmert. – Mit aller Kraft strengt er sein Denkvermögen an, und da kommt langsam, langsam die Erinnerung. Auf einmal wird es ihm klar, daß er sich unter einer Lawine befindet. Doch wo ist sein Kind. Wahrscheinlich erstickt, tot, im Schnee begraben. „Höllenelement!" will er fluchen, aber er bringt den Fluch nicht heraus. Dafür beginnt er jetzt in tödlicher Angst zu rufen: „Seppele, Seppele!" und immer wieder: „Seppele!" Kein Laut gibt ihm Antwort. Und seine eigene Stimme klingt und knallt wie ein Hammer auf Stein. Da packt ihn die Verzweiflung. Er zerrt und reißt mit Händen und Füßen; doch seine Glieder sind festgelegt, als ob sie in einem Schraubstock drinnen wären. Jetzt erst merkt er, daß er wie ein Prügel Holz in den Schnee hineingekeilt ist und sich nicht bewegen kann. Bloß vor dem Mund fühlt er einen kleinen hohlen Raum, dort ist offenbar der Schnee durch den heißen Atem geschmolzen. Auch die rechte Hand vermag er ein ganz klein wenig zu regen. Mit dieser fängt er nun an zu kratzen und zu scharren, daß ihm die Nägel brennen. Der Schnee sickert fort, es entsteht ein Loch, das zusehends größer wird. Nach halbstündigem Kratzen bekommt der Lienhart den rechten Arm frei. Er scharrt nun mit unsäglicher Mühe den Schnee auch vor der Brust, vor dem Hals und vor dem Gesicht weg. Und merkwürdigerweise rutschten die abgelösten Schneeknollen immer nach der rechten Seite fort. Plötzlich ertönte von dorther ein klägliches Wimmern.

„Seppele, Seppele!“ schreit der Mann fast außer sich, „wo bist denn?“

„Soviel kalt, kalt, kalt – hu, hu. – – Mamele, Mamele!“ jammerte das Kind.

„Das Mamele ist nicht da; das Mamele ist Kirchen gangen, aber es wird bald heimkommen“, tröstete der Mann. Dann fuhr er fort: „Sei brav, Seppele, und tu nicht weinen. Die Schneelahn ist über unser Häusl gefahren und wir sind in der Lahn drinnen. Wenn das Mamele heimkommt, holt es Leute und die schaufeln uns heraus. Nachher können wir zum warmen Ofen sitzen.“

Das Kind schwieg eine Zeitlang, dann rief es wieder jämmerlich:

„Tatti, es ist soviel finster und kalt. Ich tu mich fürchten, Tatti, komm her zu mir.“

Der Lienhart zog und riß mit seinen Gliedmaßen verzweifelt im Schnee, aber er konnte weder den linken Arm noch die Füße freibekommen, sie waren wie in die Lawine hineingenagelt. Nach langen vergeblichen Anstrengungen sagte er keuchend: „Seppele, ich bin ganz im Schnee drinnen, ich werde nicht los. Komm du her zu mir.“

Und wirklich bewegte sich jetzt an seiner rechten Seite der Schnee, mit einem Male fühlte seine rechte Hand etwas Lebendes. Er faßte das Büblein mit kräftigem Griff, zog es in die Höhe, drückte es an die Brust und küßte es stürmisch. Der Knabe küßte den Vater mit seinem weichen Mündlein. Dann sagte er bittend:

„Tatti, ins Bettl gehen und warm zudecken. Es ist soviel kalt, Seppele will ins Bettl gehen.“

„Seppele, sei still und wart grad, bis das Mamele kommt", sprach der Vater zärtlich; „weißt, das Bettl ist auch voll Lahne und Schnee und wir können uns nicht niederlegen."

Damit drückte er das Kind fester an sich, um es an seinem Körper zu wärmen. Er fühlte, wie das Büblein am ganzen Leibe zitterte. Nach einer Weile rief das Kind fiebernd:

„Mamele, ins Bettl gehen. Ich tu schon beten zuerst; dann Kreuzl machen und niedertutschen."

„Und sofort begann es mit seinem hellen Stimmchen:

„Jesukindlein, komm zu mir,
Mach ein frommes Kind aus mir;
Mein Herz ist klein, soll niemand drin sein
Als du, mein liebes Jesulein!"

Dem Lienhart fuhr es wie ein Messer durch die Seele und eine furchtbare Anklage wider sich selbst stieg in seinem Herzen auf. Wenn das Seppele hier im Lawinengrab jämmerlich zugrunde ging, traf ihn die Schuld. Hätte er das Büblein mit der Mutter in die Kirche und zum Christkind gehen lassen, so wäre es nicht durch die schreckliche Lahne verschüttet worden.

„Seppele", mahnte er, „heb recht her zu mir, dann kriegst du warm."

Zugleich drückte er den Knaben noch fester an sich. Das Kind schlang beide Arme um seinen Hals und legte das müde Köpfchen auf seine Schulter.

Plötzlich vernahm der Lienhart über sich ein Geräusch und bald darauf ein lautes Weinen. Das konnte niemand anders sein als Martina, seine Frau. Und richtig, jetzt ertönte schon ihr Ruf:

Krippe von Sepp Baumgartner

„Lienhart, Lienhart! – – Seppele!"

Der Mann schrie: „Martina, da sind wir. Wir leben. Hol Leute. Ausgraben, ausgraben! Schnell, schnell! Es ist furchtbar kalt."

Aber die Frau ging nicht fort, sondern weinte unausgesetzt, und bald näher, bald ferner klang ihre jammernde Stimme:

„Lienhart! – Seppele! – Lienhart!"

„Hoo–oh, da sind wir. Helfen! Helfen!" schrie er mit Aufgebot aller Kräfte.

„Seppele – Lienhart – tot – tot!" jammerte die Frau immer gleich fort.

Offenbar hörte sie nichts von seinem Rufen, seine Stimme drang nicht hinauf, während von oben jeder Laut zu hören war. Noch einmal strengte er sich an und brüllte förmlich: „Martina – hoo – oh!"

Auch der Knabe begann hellauf zu weinen. Alles umsonst. Die Frau rief immer seinen und des Kindes Namen. Endlich, endlich ging sie doch fort, ihr Weinen verstummte. Nun kommt hoffentlich die Rettung. Wie gut ist es, daß sich Martina nicht vom nächtlichen Kirchgang abhalten ließ. Wäre sie daheim geblieben, so hätte die Lawine sie alle drei mitsammen in der Kammer verschüttet und bis die Leute von den Nachbarhäusern kamen, waren sie längst erstickt und erfroren. Vor morgen oder übermorgen hätte kein Mensch etwas vom Unglück gemerkt; denn das Häuschen lag abseits in dem Bergwinkel, zwanzig Minuten vom nächsten Hof, dem Rainegger, entfernt. – – Herkules, dauert aber das lange, bis die Leute kommen. – – Hätte er doch der Frau gefolgt und wäre er mit ihr und dem Kinde zur Christnachtsmette gegangen! In der Heiligen Nacht gehen alle Leute zur Kirche, um Segen vom Christkind zu erlangen. – Babah, Segen! Und doch und doch, wegen dem Christkind ist die Frau aus dem Hause gegangen, durch das Christkind kommt also die Rettung – Gott sei Lob und Dank, wollte er sagen, aber er verschluckte das Wort. Noch konnte er nicht beten; doch wurde es in seinem Herzen langsam warm und eine weiche Stimmung kam über ihn. War er nicht zehnmal glücklicher gewesen früher, als er noch mit der Frau zur Kirche und zu den Sakramenten ging? Und waren die rußigen Kerle, die ihm in Eisenerz den Glauben ausgeredet haben, wirklich so musterhafte Menschen? Nein, nein, es waren erbärmliche Gesellen, zerfallen mit Gott und der Welt, voll Selbstsucht und Eigennutz, die kein Glück hatten und niemanden eins bringen konnten. War er wirklich durch diese kalten Spötter um seinen Glauben gekommen? Das nicht, ein Fünklein Glauben hatte er noch, das war aber matt und abgestanden. Während er sann und sann, wimmerte das Kind an seiner Brust immer leiser. Sein Körperchen wurde steifer und kälter und das Herzchen schlug ganz langsam und schwach – schwach. Mein Gott, wenn das Kind stirbt! Er begann nun in fieberhafter Angst, so gut es ihm möglich war, mit der rechten Hand die Glieder seines Kindes zu reiben. Aber die Hand, mit der er den Knaben schon lange gehalten hatte, war ihm eingeschlafen, und er konnte sie fast nicht mehr bewegen. Wenigstens wurde sein eigener Körper durch das mühsame Reiben heiß und strömte mehr Wärme aus. Doch schien dies dem Knaben wenig zu helfen, er erstarrte zusehends. Da begann der Lienhart aus tiefster Seele zu beten:

„Heiliges Christkind, ich glaube an dich und deinen Segen. Laß mir das Büblein nicht sterben. Sei so gut, rette mein Büblein, dann will ich mein Lebtag zu dir halten und dir treu dienen!"

Das Seppele an der Schulter des Vaters aber stöhnte ganz leise: „Kalt – kalt – kalt – kalt – kalt!"

Mein Gott, wo bleiben denn die Leute? Das dauert ja eine halbe Ewigkeit, bis die kommen. Werden sie auch gewiß kommen? Am End ruft die Martina sie nicht herbei, weil sie meint, wir seien ehedem schon tot. Nein, nein, das wär schrecklich, zum Verzweifeln! – Und wieder rieb er, zuckend vor Angst, den Rücken des Kindes. – – Was ist das? Stimmen. Ja, Stimmen, Schritte, ein lautes Klagen; Schaufeln knirschen in den Schnee. – Gott sei Lob und Dank!" –

„Hoo–oooh, Leute, helft, helft!" ... Die Schaufeln kommen näher ... nein, nein, sie sind zu weit entfernt, sie graben bei der Kammer. – „Leute, hooo–oooh, da, daa, Hilfe!" –

Eine Männerstimme gebietet Ruhe, auf einmal wird alles totenstill, und wiederum brüllt der Lienhart: „Hilfe daa, in der Stube!" – Ein Durcheinand von Stimmen ertönt, eine kommandiert: „Beim Stubenfenster niedergraben!" – Jetzt knirschen viel mehr Schaufeln im Schnee, ihr Klang wird immer schärfer und deutlicher. Dazwischen dröhnen die dumpfen Schläge der Pickel und Hacken. Der Lienhart reibt ununterbrochen die Glieder seines Kindes, ab und zu läßt er sein stöhnendes „Hoo–ooh" ertönen.

Die Leute arbeiten fieberhaft; es kommen immer neue herbei. Trotzdem dauert es eineinhalb Stunden, bis das Stubenfenster erreicht ist. Jetzt muß Vorsicht gebraucht werden, daß man die Eingelahnten nicht verletzt. – – „Wo seid ihr?“ fragt eine Stimme. – „Da, da“, kommt es dumpf aus dem Schnee, „im unteren Winkel beim Tisch.“ – Und wieder graben die Schaufeln und Pickeln. Der Fensterrahmen wird mit Äxten herausgeschlagen. Fast wie die Axtschläge hämmert dem Lienhart sein Puls in den Adern. Auf einmal dringt etwas Helles in die schwarze Nacht herein. – – „Ho, Leute, da sind wir. Aufpassen! Aufpassen!“ – – Jetzt graben die Männer mit den bloßen Händen, eine Minute, noch eine . . . da schlägt ein blendender Fackelschein dem Lienhart ins Gesicht. Gott sei Lob und Dank! – – Das Seppele wimmert leise. – – „Nachbarn, Nachbarn, ooh, das ist Hilfe in der Not! Da nehmt das Kind, seid so gut.“ – – Draußen jammert eine Frauenstimme. Von innen ruft einer: „Geh weg, Martina, wir haben sie schon, wir bringen sie hinaus.“ – Aber das ist leichter gesagt als getan. Der Lienhart ist wie hineingekeilt in den Schnee. Endlich reichen sie das Kind hinaus. – – „Seppele! Seppele!!“ gellt draußen die Martina. – „Das Kind lebt nicht mehr, es ist schon eiskalt“, sagt wieder eine Stimme. „Nein, tot ist's nicht, es atmet noch ein bißchen“, sagt eine andere; die Martina aber weint gräßlich. Sie hat ihren Wollenschal um das Büblein geschlungen und drückt es stürmisch an sich. Nach weiteren fünf Minuten bringen sie den Lienhart. Sie müssen ihn mehr tragen als führen, denn er kann sich auf seinen steifen, durchfrorenen Beinen nicht aufrecht halten. Als er draußen die vielen Menschen und sein Weib sieht, überkommt ihn ein brennendes Gefühl, er weiß nicht, ist's Glück oder Wehe; er kann nicht anders, er muß weinen, laut aufweinen wie ein Kind.

Da stürzt die Frau auf ihn zu und schreit angstvoll: „Lienhart, Lienhart, wo fehlt's denn? Was hast denn?"

„Nichts, nichts, es ist alles gut", schluchzt er; „das Christkind hat uns augenscheinlich geholfen. Gott sei Lob und Dank, Unserm lieben Herrn, und auch dir, Martina, auch dir!"

Man führte die obdachlose Familie hinaus zum Pallhuber, der Frau Martinas Bruder war. Als man die freie Berghalde erreichte, wo man ins Tal hinabsah, riefen die Kirchenglocken zum Frühgottesdienst. Die Berge leuchteten im grünen Mondschein und die Sternlein blitzten so frisch und munter, als wären sie eben aufgestanden. Hinten im Bergwinkel aber türmte sich über dem Helmhäuschen gespenstig weiß, wie ein ungeheurer Grabhügel, die Lawine.

Beim Pallhuber erholten sich der Lienhart und sein Büblein auffallend rasch von dem Schrecken und der Erkältung. Das Seppele hatte wohl zwei Tage ein brennendes Fieber, doch entstand keine ernstliche Erkrankung. Am St.-Johanns-Tage wurde das Helmhäuschen vollends aus dem Schnee herausgeschaufelt. Da sah man erst, was für ein Unheil die Lawine angerichtet hatte. An der linken Seite war die Hauswand eingedrückt und alles zertrümmert. Der Schnee stockte dort, mit Balken, Brettern, Baumwurzeln vermengt, felsenhart in allen Räumlichkeiten drinnen, so daß man ihn förmlich heraushacken mußte. Hätten sich die Helmleutchen in der Familienkammer befunden, wären sie unrettbar zu Tode gequetscht worden. Und ohne Martinas Kirchgang wären sie bestimmt in der Kammer gewesen. Den Lienhart schauderte bei dem Gedanken. Eine merkwürdige Entdekkung machte er in der Stube. Dort hatte der eindringende Schnee den großen Tisch umgestülpt und mit der Platte gegen die Wand geschoben. Dadurch war zwischen der Wand und der Tischbank ein freier Winkel entstanden, wo kein Schnee hinkam. Und just in diesen Winkel hinab hatte die Lawine den Seppele gedrückt. Nur so war der Knabe vom Erstickungstode gerettet worden und hatte sich später an den Vater heranmachen können.

„Das Christkind hat förmlich ein Wunder an uns getan“, sagte der Lienhart zu seiner Frau, als er von dem eingelahnten Häuschen zurückkehrte.

Am Sonntag nach Weihnachten ging der Helm-Lienhart mit seiner Gattin zu den heiligen Sakramenten. Er kaufte auch zwei große Kerzen, die den ganzen Tag neben dem Christkind auf dem Hochaltar brennen mußten. Abends sprach er zur Frau:

„Martina, ich glaub, mein Lebtag ist mir noch nie so wohl und leicht gewesen wie heute. Unser zerbrochenes Häusl geht mir wohl ein bißchen im Kopf herum; aber in Gott'snam', das flicken wir schon wieder zusammen. Die Hauptsache ist, daß mich das Christkind inwendig ordentlich zusammengeflickt hat.“

Martina schaute dem Manne glücklich in die Augen.

Bergpsalm

Eintausend neunhundert und –
I weiß das Jahr nimmer rund,
Am Heiligen Abend ist's g'wesen,
Hab just im Evangelium g'lesen.
Und draußen war's finster und kalt,
Im knietiefen Schnee staken Berge und Wald;
Der Himmel, der hat sein'n Sternmantel ausgehangen,
Und alles, alles ist schlafen gegangen:
Das Raspeln im Schnee,
Der Wind auf der Höh',
Das Knistern und Knattern im Kirchendach,
Das Wispeln im Wald und das Wasser im Bach –
Nur weit, weit her kommt ein heimliches Klingen,
Als täten die Berge inwendig singen.
Auf einmal – potztausend jetzunder,
Was g'schehn denn für Zeichen und Wunder?
Das ganze Landl fangt an zu wanken, zu wiegen,
Und wie ein Luftballon in die Höhe zu fliegen.
I zähl eins, zwei, drei,
Da geht's schon an Wolken und Sternlein vorbei
Und wird noch alleweil g'schoben und g'hoben,
Itzt ist's schon knapp unterm Himmel droben
Und tunkt seine Berg' und Spitzen hinein
In den himmlischen Glanz und Farbenschein . . .
Gewiß kann i's nimmer sagen,

Wie das Ding sich richtig hat zugetragen:
Ob's Landl in die Höhe ist g'flogen,
Oder ob der Himmel sich hat heruntergebogen.
Nur soviel ist sicher, der Himmel stund offen,
Und 's Landl ist halb in' Himmel einigeschloffen.
Mein Lebtag hab i nichts Schöneres g'sehen
Als den himmlischen Glanz über Jöchern und Höhen;
Auf allen Hörnern und Bergesspitzen
Sieht man ein wunderfein's Engelein sitzen:
Am Großglockner hockt eins,
Auf'm Ortler ein klein's,
Auf den Zillertaler und Ötztaler Kuppen,
Da rasten glei' ganze Schwarm' und Truppen,
Auf'm Sonnwendjoch und den „Drei Hohen Stühlen"
Da tun sie „Erwischens-Versteckelets" spielen. –
Itzt hör i aus all dem Glanzen und Glimmen
Auf einmal tiefe, geisterhafte Stimmen ...
Zuerst ein Rauschen und Raunen, und dann
Fangen die Berge zu reden an;
Die einen tun rufen und fragen,
Die andern darauf Antwort sagen.
Der Habicht, Frau Hitt und das Steinerne Mandl,
Das Kitzbüh'ler Horn und der Wilde Kaiser im Landl,
Die rufen im lauten, mächtigen Chore:
„Ihr Bergesfürsten, schließt auf eure Tore,
Die Talespforten öffnet weit;
Denn einziehen will der König der Herrlichkeit!"
Und drinnen der Zwölfer, der Peitler, der Monte Kristall
Und Laurin im Rosengarten, die fragen mit dumpfem Schall:
„Wer ist dieser König der Herrlichkeit,

GLORIA IN EXCELSIS

Krippe von Hans Troyer

Von dem so laut ihr meldet und schreit?"
Da hallt's wie festliche Kirchenmette
Wohl durch die ganze mitternächtige Kette:
„Der Starke und Mächtige,
Der Hohe und Prächtige,
Der tapfere Held im Streit,
Der Fürst über Welt und Zeit,
Dies ist der König der Herrlichkeit!" ...
Auf einmal – wie's noch in den Klüften tut widerhallen,
Ist der Himmel auf's Land herabg'fallen.
Da schau! Von oben bis unten
Wird's Landl entzunden,
Und draußen und drinnen
Tut glühen und brinnen
Ein tausendfältiger Farben- und Strahlenkranz,
Und mittendrin steht wie in einer Monstranz
Schneeweiß das heilige Christkind –
I kann nimmer schauen, sonst werd' i gar blind ...
Die Engel, die haben schön Gloria g'sungen,
Dazu hat die himmlische Musik geklungen,
So süß und lieb und so himmelfein,
Daß mir ganz heiß ward im Herzkämmerlein. –
Vom wonnigen Kindlein
Sein' herzigem Mündlein
Geht aus die Liebe, die Himmelsluft,
Viel süßer als Veilchen- und Rosenduft –
Doch wenn i wollt' alles erzähl'n und beschreiben,
So könnt i damit wohl tausend Jahre vertreiben;
I sag nur: Kein Auge hat's g'sehen, kein Ohr hat's gehört,
Was alles die Heilige Nacht unserm Landl beschert ...

Itzt fangt das Christkind an zu wandern
Landauf und landab, von einem Tale zum andern:
In Brixen beim Bischof, da geht's zu Gast,
Zu Sprugg unterm Goldenen Dachl, da macht's auch Rast,
Im Halltal drinnen, im Herrenhaus,
Auf Runkelstein und im Schloß Pallaus,
Am Schneeberg droben in den Knappenhütten,
In den Bauernhöfen am Schlern und am Ritten,
Im Stadthaus über dem Laubengang,
Im Tagwerkerhäusl hinter dem Wetterfang.
Und wo's just hinkommt auf Wegen und Steg'n,
Da tut's alle Leut grüßen und seg'n:
Die flachshaarigen Kindlein in der Wiege,
Den hutzligen Bettler unter der Stiege,
Das zittrige Vaterl auf der Ofenbank,
Das Mütterl im Bett, das schon wochenweis krank,
Den Fürsten mit seidenem Ordensband,
Den borstigen Knecht im Lodengewand ...
Das Christkind tritt auch hinein in den Kirchhofsgarten,
Wo unsere Hingeschiedenen schlafen und warten,
Und tut mit hellem Stimmlein die Schläfer wecken –
Da stehn sie schon auf an allen Enden und Ecken;
Mein Vaterl ist da, mein Mütterl, mein Ahndl,
Die Brüderlein auch mit silbernem Kranl,
Mich zieht's zu ihnen an Händen und Füßen,
Möcht gern sie umarmen und küssen und grüßen;
Ich kann mich aber nit rühr'n, i bin auf mein Stand
Wie angenagelt und festgebannt.
Indessen hör i das Christkind herzlieb sagen:
„Heut will ich abwischen all eure Tränen,
Und nimmer sollt ihr trauern und klagen,

Kein Weh soll sein, keine Trennung mehr und kein Sehnen."
... Des weitern hab ich nichts mehr vernommen,
Mir ist das hellaute Flennen gekommen ...
Und wie i wieder mein Blick hab erhoben,
Da sitzt das Christkind auf silbernen Wolken droben;
Aus allen Bergen rauscht mächtiger Orgelklang,
Darein schallt tausendstimmig der Jubelgesang:
„Magnifikat! Hoch preist unser Landl den Herrn,
Wir loben und danken und haben ihn gern!
Wir waren klein und mißgeacht't,
Er aber hat uns groß gemacht,
Seine Barmherzigkeit tut er nicht wäg'n und messen,
Wenn nur wir ihn nicht verlass'n und vergessen;
Die Großen und Stolzen, die können's kaum fassen,
Daß er bei den Kleinen sich niedergelassen,
Und daß er die armen Bauern und Hirten
An seinem fürstlichen Tisch will bewirten,
So wie er den Vätern versprochen vor hundert Jahren,
Daß er den heiligen Bund will halten und wahren."
Auf einmal war alles verstummt und verschwunden,
I hab mich schier nimmer zurechtgefunden;
Bald hab i gweint, bald hab i gelacht,
Dann hab i gebetet durch die Heilige Nacht:
„Herr, heb in' Himmel das Land mit uns allen
Und laß uns g'rad nimmer herunterfallen!"

Der Christkindlvater

In Tiefenbach war er daheim – der Aßmair-Seppl. Diesen Namen hörte er jedoch selten, weil die Leute ihn allgemein nur den Krippenseppl hießen. Er war ein buckliges Männlein, hoch in den Sechzig, hatte ein krummes, holperiges Gehwerk, ein rotes Gesicht, winzige, hellgraue, leuchtende Äuglein, einen baumelnden Kopf, schneeweiße Haare und ein junges Herz mit einem echten Kindergemüt. Als alter Junggeselle mit tausend Gulden Einkommen war er schon seit Jahren im Talhäusl eingeherbergt. Vom Frühjahr bis Michaeli half er den Hausleuten arbeiten, dann zog er sich aber in seine zwei Stuben zurück, und bis Lichtmessen war mit dem Seppl nichts mehr anzufangen. Zu Michaeli begann für ihn der Weihnachtsfestkreis, der sein ganzes Sinnen und Trachten in Anspruch nahm. Da plünderte er seine Weihnachtskrippe vom Dachboden herunter und begann die einzelnen Figuren, welche, mehr als zweihundert an Zahl, zum Krippenhausstand gehörten, nach Kleidung und Gestalt eingehend zu mustern. Die Musterung brachte immer dasselbe Ergebnis, nämlich, daß der Seppl sich nicht mehr aussah, bis Weihnachten mit den nötigen Reparaturen und Verbesserungen an der Krippe fertig zu werden. Da hatte ein Hirt den Fuß gebrochen, dort ein Engel die Fittiche verloren, da war einem König der seidene Mantel verschossen, im Tempel war das Dach eingestürzt, Palmen waren umgefallen, Pferde hinkten, Häuser wackelten und so weiter. Fieberhaft machte sich der Seppl ans Werk, tagein, tagaus leimte und schnitztelte und malte er an seiner Krippe. Dazu summte er alte Weihnachtslieder oder führte lange Gespräche mit sich selber. Dieses Sprechen mit sich selbst war überhaupt eine Eigenschaft des Seppl, und oft hatte er einen so lebhaften Diskurs mit seiner eigenen Person, als ob ein halbes Dutzend Nachbarn in seiner Stube versammelt wären. Weil in dieser Zeit all seine Gedanken nur auf das Christfest und die Heilige Nacht gerichtet waren, so drehten sich seine Gespräche in diesen Wochen einzig um das Weihnachtsgeheimnis.

Etliche Tage vor Weihnachten verschwand der Seppl aus seiner Herberge. Er wanderte hinaus in die Stadt. Auf dem Wege murmelte er immer wieder: „Muß mich doch ein bißl mit Opfer und Gaben einstellen. Mit leeren Händen darf ich nicht kommen – wär' eine Sünd', eine Schand'!" In der Stadt nahm er einen Schippel Banknoten aus der Sparkasse und streifte hernach wohl durch ein Dutzend Kaufläden. Heimwärts kehrte er in verschiedenen Bauernhöfen ein und schloß manchen Handel. Dann erschienen im Talhäusl der Reihe nach schwere Kisten und Ballen, vollgepackte Körbe und Säcke.

Hierauf verschloß sich der Seppl gänzlich in seine zwei Stuben und wurde nicht mehr gesehen, bis die Weihnachtsglocken zum Talhäusl hinaufklangen. Zu jener Zeit aber hatte der Seppl seine eigene Christfeier bereits vorüber. Diese begann schon mit der Dämmerung am Heiligen Abend und währte gut drei Stunden. – Wenn jemand in seine Wohnung gekommen wäre, hätte er folgendes schauen und hören können. Die ganze rückwärtige Breite des Vorderzimmers war angefüllt mit der Krippe. Mitten in der Krippe stand ein Glaskasten und darin lag auf rotseidenen Windeln ein großes wächsernes Christkind, das grüßend seine Ärmlein ausstreckte. Rund herum zog sich der Krippenberg, darauf standen Städtchen, Kirchen und Häuschen mit ihren putzigen Spiegelfensterchen, hin und hin die Unmengen Figuren: Könige, Hirten, Priester, Soldaten, Handwerker usw., in wunderbarer Mischung und prächtiger Ausstattung. Um die Krippe war Tannenreisig gewunden, überall mit Zierat und Flitterwerk besetzt. Das Ganze strahlte und flimmerte im Scheine von mehr als hundert Kerzen und Lämpchen wie ein Zauberspiel aus dem Wunderlande. Links und rechts von der Krippe stand ein langer Tisch, ein jeder war überladen und aufgeputzt mit Gaben. Auf dem rechten lagen Butterknollen, Käslaibe, Brotwecken, Nußzelten, Äpfel und Birnen, gespickt mit Silberzwanzigern, standen Säcke voll Mehl, Körbe voll Eier, Honigtöpfe usw. Der linke Tisch trug andere Waren: Rempel von Tuch und Loden, Schürzen und Jäckchen, Mützen, Strümpfe und Kinderschuhe, Wolle und Flachs, Schals und Flöre, alles im bunten Durcheinander. In der Mitte aber, unmittelbar vor dem Christkind, kniete der Seppl im schönsten Festtagsgewand. Sein Gesicht war noch röter als andere Male, fast so rot wie eine Osterkugel, seine Augen leuchteten und strahlten wie Johannisfunken, seine Lippen zitterten, sein Kopf wackelte – bald ging es wie ein helles Lachen über seine Züge, bald schien etwas im Halse ihn zu würgen, und er drückte und schluckte, als ob er's nicht mehr erschnaufen könne. Stundenlang kniete er so vor der Krippe und tat nichts, als mit verklärten Blicken starr auf das Christkind schauen und mit demselben laut diskurieren, wobei er sich selber Rede und Antwort gab. Das Gespräch ging beiläufig so:

„Du lieb's Himmelsbübl, sei doch nit gar so fein mit mir! Ich hab's redlich nit verdient. – Bin ein alter, borstiger Klaubauf voll Sündenruß und Ung'schick, und ich hätt mich nit hertrauen sollen zu dir. Aber die Lieb' hat gar soviel g'schob'n und gezog'n, und mir ist so viel zeitlang gewesen um dich."

„Grüß dich Gott, Seppl, ich hab' lang' schon auf dich gewartet, und mir ist auch zeitlang gewesen um dich."

„Was du nit sagst? Geh, du mein einziger Schatz, das vergeß ich dir mein Lebtag nie ... Mir kommt alleweil vor, du gehörst nur mir allein, und so gern wie ich darf dich kein Mensch haben. – Wenn ich's grad recht sagen könnt'!"

„Seppl, ich weiß schon wie dir ist, ich kann ja in dein Herz hineinschauen wie durch eine Fensterscheibe."

„Ei freilich wohl, du bist ja tausendmal g'scheiter als ich ... Gelt, es ist schon eine rechte Lieb' da drinnen? – Und schau, was ich dir bracht hab'. Das Zeug da und die Sachen, die sind mein Hirtenopfer – das gehört alles dir, dir allein! Mußt aber alles selber behalten und darfst mir gewiß nichts herschenken."

„Aber, Seppl, was soll denn ich für dein Opfer dir geben?"

„Bist g'scheit! – Gar nichts darfst du mir geben, rein gar nichts! – Du närrisches Bübl, wenn ich dir was schenk, dann lass' ich mir's nicht zahlen."

„Aber, Seppl, ich will mir's aufmerken und im Himmel zu deinem Lohn zusetzen."

„Nein, nein, Schatzl, da wird nix draus! – Die Kleinigkeit mußt mir einmal ganz umsonst annehmen, dafür will ich keinen Pfennig haben. – Das tu' ich einmal aus purlauterer Lieb', und für die Lieb' läßt man sich nicht zahlen."

Der Seppl schaute lange Zeit wie entrückt auf das Christkind, dann begann er wieder:

„Aber, gelt, du Herzenskind, in den Himmel komm' ich wohl ganz gewiß?"

„Ja, ja, Seppl, in den Himmel kommst schon ... Wo sollt' ich denn sonst meinen Krippenseppl hintun? An einen andern Ort als in den Himmel tät' der Seppl nicht passen."

„Vergelt's Gott zu tausendmal – jetzt bin ich der glücklichste Mensch auf der Welt, und so leicht ist mir wie einer Flaumfeder. Wenn du's selber sagst, dann muß es wahr sein!"

So und ähnlich redete der Seppl mit dem Christkind. – Wenn dann die Glocken zur Mette riefen, stieg er hinunter in die Kirche und feierte dort eine ebenso innige und fromme Weihnacht. Nach der Mette stapfte er wieder in seine Herberge und zündete an der Krippe noch einmal die volle Beleuchtung an. Über kurze Zeit wurde es dann laut im Talhäusl. Es kamen ein paar Dutzend arme Kinder, die der Seppl hatte rufen lassen. Die schauten sich erst an der Krippe beinahe die Äuglein

GLORIA IN EXCELSIS DEO

Weihnachtskrippe von Johann Colleselli (1880—1961)

heraus, dann hielten sie Schürzen und Hände auf, und der Seppl packte von den Opfergaben, die er dem Christkind geschenkt hatte, einem jeden, so viel es nur forttragen konnte, ein. Wenn die Kinder ihm danken wollten, deutete er auf die Krippe hin und sagte: „Von mir ist nichts, rein gar nichts! Das alles schenkt euch das Christkind, ihm müßt ihr danken." – Und wie die Kinder zur Krippe traten und rührend sagten:

„Lieb's Christkindl, vergelt's Gott zu tausendmal", da rannen dem Seppl bohnengroße Zähren über die Wangen, sein Kopf wackelte stärker, und er murmelte still in einen Winkel hinein: „Liebes Himmelsbübl, ich will an dem Ding da gar keine Freud' haben – die Freud' mußt du haben, du allein!" – In dieser Weise feierte der Seppl schon seit Jahren das Christfest, und ob seiner Christbescherung wurde er auch der Christkindlvater genannt.

Ein Jahrsmalen aber, als sich der Seppl besonders stark auf Weihnachten gesehnt hatte, wurde ihm die Freude verdorben. Er bekam zu Allerheiligen die Gliedersucht, mußte ins Bett und konnte es wochenlang nicht mehr verlassen. Alle seine Zurüstungen waren unterbrochen, neue Anstalten durfte er keine treffen, und Weihnachten sollte für ihn ohne Lichtstrahl und Freudenglanz vorübergehen. Da weinte der Seppl heiße Tränen in seine Polster und klagte:

„Ich weiß nicht, was das Christkind heuer gegen mich hat, daß es mich nimmer haben will! – Hab' ihm doch gar nichts getan."

Als ihm der Pfarrer bei einem Besuche erklärte, das Christkind wolle heuer ein anderes Opfer, Krankheit und Leiden seien auch ein gar kostbares Christgeschenk, da lachte der Seppl und beteuerte, alles wolle er aushalten, wenn er nur dem Christkind damit eine Freude machen könne. Allein in der nächsten Zeit wurde er wieder tieftraurig.

Ein paar Tage vor Weihnachten, als der Pfarrer abermals da war, zog der Seppl unter seinem Polster ein Sparkassebüchl hervor, reichte es dem Pfarrer und sagte:

„Wenn das Christkind mit mir schmollen will, so kann ich nichts dafür. — Ich schmoll keinesfalls und laß mir mein Opfer nicht abweisen. — Das da gehört dem Christkind; seien Sie so gut, schicken Sie's ihm, mag's dann tun damit, was es will."

Der Pfarrer nahm das Büchl und äußerte lächelnd: „Das Christkind schenkt alles wieder her, wird wohl so recht sein. Und wer weiß, vielleicht kommt's um Weihnachten gar selber, um sich bei seinem Krippenvater zu bedanken."

Das Talhäusl stand draußen am Waldrand, und einzelne Bäume drängten sich bis dicht an Seppls Stubenfenster heran. Am Weihnachtsabend hörte der Seppl vor dem Hause immerfort scharren und knistern. Weil aber sein Bett im Winkel stand und er nicht durchs Fenster sah, konnte er auch nicht die Ursache des Geräusches entdecken. Auf seine Fragen entgegnete die Wärterin nur, es sei heute so kalt, daß die Eiszapfen fortwährend springen und knallen ... Als es anfing zu dämmern, schloß die Wärterin die Fensterläden, und nun wurde

 das Geräusch noch stärker. Der Seppl war sehr traurig

und grübelte düster vor sich hin. Da traten plötzlich zwei Knechte vom Nachbar herein und sagten:

„Paß auf, Seppl, jetzt kommt das Christkind!"

Zugleich faßten sie das Bett und schoben es mitsamt dem Kranken dicht unter das Fenster. Die Wärterin machte die Läden auf, und nun drang eine wahre Lichtflut von draußen in die Stube herein. Der Seppl riß die Augen scheibenweit auf, blickte staunend hinaus und wußte nicht, ob er träume oder wache. Die beiden großen Fichtenbäume, die vor dem Fenster standen und über das Hausdach hinaufragten, waren von unten bis oben mit brennenden Lichtern besetzt. Natürlicher Schnee glitzerte auf den Zweigen, natürliche Eiszapfen blitzten dazwischen in allen Farben, künstliche Silber- und Goldfäden wanden sich von Ast zu Ast. Zwischen den beiden Fichtenstämmen in einem Bettlein von grünen Taxen, von einem Lichterkranz umgeben, lag ein großes, wunderschönes Christkindl, das seine Hände gegen den Seppl auszustrecken schien. Es war ein Glänzen und Funkeln wie im Himmel. Zu beiden Seiten des Fensters standen gar zwei lebendige Engel, die mit den Flügeln schlugen und hereinlachten. – Die ganze Herrlichkeit hatte der Lehrer von Tiefenbach veranstaltet, und die beiden lebendigen Engel waren zwei Schulmädchen in weißen Kleidern mit Flügeln aus Silberpapier. – Eine Zeitlang schaute der Seppl wie verzückt hinaus, dann sagte er weinend:

„Oh, ist das Christkind gut! – Weil ich nicht zu ihm komme, kommt es herwärts zu mir."

Auf einmal ging die Stubentür, und herein traten leibhaftig – die Hirten von Bethlehem. Es waren dies eine Schar Knaben in kurzen Hosen, weißen Hemdärmeln, spitzen Hüten mit weißen Federn darauf und langen Hirtenstäben. Die Knaben reihten sich um das Bett des „Christkindlvaters“ und begannen zu singen:

„Was hat das Ding z' bedeut'n, just heut um Mitternacht? – Der Himmel glänzt von weitem, voll Herrlichkeit und Pracht.

Und d'Engel flieg'n halt ohne End': – schaut's, hab'n denn dö den Stall ankennt[1]? – [: Was hat das Ding z' bedeut'n, just heut' um Mitternacht? :]

Und d'Lampel spring'n umma, als wie beim schönsten Tag. – Halt ja, als wie in Summa, a jedes wie's es mag. – Hab g'meint, i siech an Lampldieb, daweil is a Eng'l schön und lieb. – [: Sagt, 's Kindlein is geboren zu Bethlehem im Stall. :]

O du mein liebes Kindl, wir fallen auf die Knie. Verzeih uns armem G'sind'l all's, was wir täten dir ... Weg'n unser bist du jetzt Mensch wor'n und bist so arm im Stall gebor'n. [: Da habt's a wenig's Opfer, nehmt's nur damit verlieb. :]

I hätt z'Haus a warmes Stüb'l und a broate[2] Ofenbank. War decht schad' ums arme Büb'l, wenn's vor Kälte wäret krank. Und a Bett'l und a Wieg'l richt' die Gretl a glei z'samm'. I will auf dem Boden liegen, geht's mit uns, mir g'schaff'n[3] schon. [: Sein mir sunst scho arme Leut', macht uns reich die große Freud':

Und wenn es kommt zum Sterben und kommt der Tod herbei, dort laß uns nicht verderben, hilf uns allsoglei.

---

[1] angezündet, [2] breite, [3] vertragen uns.

Schick uns an Engel hurtig g'schwind, daß er unser Seel' in Himmel bringt. [: Dort lob'n wir Gott hochgebenedeit, ja preisen ihn in alle Ewigkeit."]

Der Seppl horchte und schaute und schaute und horchte, derweil rannen ihm die Tränen bachlweise über die runzligen Wangen, und er brachte vor Rührung kein Wort heraus.

– Am nächsten Tage ließ der Seppl den Pfarrer und den Lehrer holen und sagte, er müsse bald sterben, darum wolle er Testament machen. – Und weil er schon der Christkindlvater sei, vermache er alles dem Christkind. – Seit dieser Zeit ist in Tiefenbach eine Stiftung, aus welcher die armen Kinder um Weihnachten reichlich beteilt werden.

Wie das Tannenbäumlein zur Stadt gezogen ist

Die Geschichte eines Waldkindes

Weit droben auf dem Höttinger Berg stand mitten in einem Grasfleck ein Tannenbäumchen, ein junges, frisches Blut. Wunderherrliche Tage verlebte dieses Bäumchen. Es schaute von seinem hohen Standort tief hinein in das sonnige Bergland, es schaute der Sonne nach bis zuhinterst in ihre Schlafkammer, es schaute durch die Sternfenster freundnachbarlich in den Himmel. Zu seinen Füßen spielten die zarten Blumenkinder des Bergsommers: der Speik und die Brunellen, die „Brennende Lieb" und das himmelblaue „Frauenäuglein". So oft das Bäumlein in der Früh erwachte, waren die Blumenkinder schon munter und lachten mit ihren hellen Augen – sie lachten und nickten den ganzen Tag – und das Bäumlein und die Blumen hatten einander lieb. Es kam auch manch weltlustiges Bergvögelein, das setzte sich dem Bäumchen auf den Kopf oder auf die Arme und sang ein schmetterndes Hochzeitslied. Und dann kamen auch Menschen von der Innsbrucker Stadt herauf, eine große, schöne Frau und zwei blitzmuntere, hübsche Kinder. Die Kinder hießen Siegfried und Elsa und die große, schöne Frau war ihre Mutter. Mit Siegfried und Elschen schloß das Tannenbäumlein rasch eine innige Freundschaft. Es ließ sich von den Kindern gern hin und her schieben und an den Haaren ziehen – es strich ihnen manchmal mit seiner rauhen Hand über die feinen Gesichtchen – und lachte und tollte mit. Weil das Bäumlein neugierig war, so stellte es auch hundert Fragen; es erfuhr, daß die langen, breiten Töne, die so voll durch die Berge sangen, von den Glocken herkamen, und die hellen Pfiffe von der Eisenbahn und die zusammengebundenen, süßen, weichen Stimmen von der Platzmusik im Hofgarten. Die Kinder wußten so viel zu erzählen von der großen, schönen Stadt, vom „Goldenen Dachl", von der Schwarz-Mander-Kirche, vom Zirkus und vom Puppentheater, aber auch von den Blumen, die unten viel größer und farbiger waren, von den Bäumen, die keine Nadeln, sondern Blätter hatten und süße Früchte trugen: schwarzrote Glanzkirschen, goldgelbe Birnen und rotwangige Äpfel. Das Tannenbäumchen lauschte und lauschte und machte sich seine hölzernen Begriffe über all die erzählten Wunder – manchmal etwas übertriebene, meistens aber viel zu geringe. Wenn die Frau mit den zwei Kleinen dann fortging, reckte und streckte sich das Bäumlein und schaute ihnen traurig nach, so lange es nur einen Schimmer ihrer weißen Kleider erblicken konnte. Eines Tages fragte Klein-Elsa: „Tannenbäumlein, möchtest du nicht mit uns nach Innsbruck gehen?" – Die alten, großen Tannen im Umkreis schüttelten unmutig ihre ernsten Häupter und sagten: „Nein – nein!" Die Blümchen winkten ebenfalls und baten herzig: „Nein – nein!" Das menschenverliebte Bäumlein aber nickte freudig und sagte: „Ja – ja!" – „Mutter, das Bäumchen geht mit uns nach Innsbruck!" jubelte Klein-Siegfried;

allein die Mutter wehrte: „Heute nicht, Kinder, heute nicht – ein andermal!“ –

Ein andermal! Wie doch die Menschen so herzlos und untreu sein können! Sie vergaßen das Bäumchen und kamen nicht mehr. Das Bäumchen harrte tagelang und wochenlang und verzehrte sich vor Sehnsucht; ganz umsonst – die Menschen ließen sich nimmer blikken. – Als das Bäumchen eines Morgens nach kalter Nacht erwachte, hingen ihm die lichten Tränen an den Wimpern. Auch die Blümchen weinten. Und wiederum über Nacht kam der frostige Reif, der brannte die Blümlein ins Herz, und als das Bäumchen in der Frühe sich umsah, waren ihre Glänzäuglein gebrochen und erloschen. Sie hatten ihre Köpflein zu Boden gelegt und waren gestorben. Ganz starr vor Schrecken und Leid konnte das Bäumchen nicht einmal weinen. Erst als die Sonne aufging, löste sich der Schmerz in Tränen, und nun schlugen sich die hellen Tropfen über Wangen und Kleid. – Einige Tage nachher stieg der Jochwind über die „Frau Hitt“, der rüttelte und schüttelte das Bäumchen eine ganze lange Nacht, so daß ihm Hören und Sehen verging. Aber auch der weißbärtige Winter war mit ihm erschienen. Der hüllte das zitternde Tannenbäumchen mitleidig in seine Decke und bettete es mit seinem weißen Flaum bis an den Kopf hinauf ein, damit es ruhig und warm schlafe. Aber das Bäumchen konnte nicht schlafen. Es dachte immer an die Blumenkinder, die gestorben, an die Vogelsänger, die fortgeflogen, am meisten jedoch an die Mutter und die Kinder, die ihm untreu geworden waren. Es hatte auch gar keinen Trost und keine Freude mehr, das arme Bäumchen. Die alten, abgehärteten Tannen verstanden sein Leid nicht und führten immer so ernste, mürrische Reden; ein Rabe flog ab und zu krächzend dem Bäumchen auf den Scheitel und zwickte es boshaft in die Haut, ein blutgieriger Fuchs mordete unbarmherzig ein armes Häslein vor den Augen des wachen Bäumleins, und dieses weinte bitterlich. Wäre es nie mit Menschen zusammengekommen, so hätte es jetzt träumen können, das Bäumchen, aber so mußte es immer weinen und weinen. Die warmen Tränen erstarrten ihm alsbald zu Eis. In der Nacht flimmerten vom Himmel herunter tausend Sterne und erzählten ihm von der Herrlichkeit des himmlischen Sommergartens; aber auch drunten, wo die Stadt lag, blitzte Stern an Stern, Lichtlein an Lichtlein – ein zweiter Himmel. Wenn das Bäumlein hinaufschaute, wurde es geblendet von dem vielen Licht. So schaute es denn immer hinab in die Stadt, in der die lieben Menschen wohnten. Je länger es schaute, desto weher tat ihm das Herz – und zuletzt wurde das Bäumchen so hoffnungslos, daß es den lieben Herrgott anflehte, er möge es sterben lassen.

Da kam eines Tages ein großer, starker Mann, der eine Hacke auf der Schulter trug. Der räumte den Schnee um das Bäumlein weg, grub es aus der Erde und führte es mit sich fort. Das arme Waldkind war zuerst erschrocken, merkte aber bald, daß die lustige Fahrt hinabging – hinab in die Stadt – und es hätte aufjauchzen mögen vor Lust. ... Drunten in der Stadt riß das Bäumchen Augen und Mund auf vor Staunen. Ganz schwindlig wurde ihm der Kopf vor den Wundern, die es hier sah. Der Mann bog in eine große, breite Straße ein, da wimmelte es von Menschen, ihr Reden summte und rauschte förmlich wie der Sturm droben auf dem Berge; auch sonst hörte das Tannenbäumchen ein Lärmen und Dröhnen und ein Getöse, daß ihm die Angst zu Herzen stieg und es gar nicht mehr wußte, was mit ihm geschah. Als es aber Nacht geworden war, fand es sich hinter einem lichten, hohen Fenster stehend und hatte ein neues Kleid an. Auf Kopf und Armen trug es dichten Schnee, aber nicht den kalten, schweren vom Berge, sondern einen leichten, warmen und molligen; mit glitzerigem Goldhaar war es behangen, mit blitzenden Sternchen übersät, in seinen Zweigen steckten und hingen durchscheinende Glaskügelchen, die heller glühten als die Sterne, und zwar im entzückendsten Farbenlicht: rot, grün, gelb und blau. Das Bäumchen wußte nicht, wie ihm war. Rundum flimmerte und glänzte alles. Und draußen vor dem Schaufenster wogten und wallten die Menschen vorbei: herzige, kleine Kinderchen, große Herren und schöne Frauen, alle festlich gekleidet und aufgeputzt – das kam und ging und schwätzte und lachte. Gab es denn so viele Menschen und waren sie immer so fröhlich und munter? Und die hell erleuchteten Häuser, zwischen ihnen eine Reihe von strahlenden Sonnen, dann feurige Wagen, die hin und her schossen, hundert und hundert kleine Lichter und Sterne, weiße und farbige, an allen Häusern und Fenstern – darüber ein purpurner Rauch, der um die finsteren Dächer webte und spann, und hoch, hoch über den Dächern, in einem fahlen Silberlicht glastend, die gewaltigen Berge im Kranze herum: das Kar und die Frau Hitt und der Solstein –, das Bäumchen meinte, es wäre verzaubert. Aber da fiel ihm ein, daß es in der Stadt war. Es schaute jetzt keck hinaus auf die spazierenden Leute, und die schauten herein. Manche blieben stehen und zeigten mit den Fingern auf das geschmückte Bäumchen, das sich ordentlich fühlte. Die Sprache der großen Menschen verstand es nicht, was aber die Kinder redeten, verstand es gar wohl. Auf einmal erschauerte das Bäumchen am ganzen Leibe. Draußen standen eine Frau und zwei Kinder. Sie waren in Pelzwerk und Tücher eingewickelt, aber das Bäumchen hatte sie doch erkannt. Es streckte gleich seine Arme und rief: „Grüß Gott, Elsa! Grüß Gott, Siegfried – und Mutter auch!" Allein sie erkannten das Bäumlein in seinem strahlenden Festkleid nicht, und das Bäumlein konnte nicht laut genug rufen, weil es droben in der kalten Bergluft heiser geworden war. Die drei lieben Menschen standen lange Zeit vor dem Schaufenster, und die Kinder sagten, solch ein Christbäumchen möchten sie haben. Dann aber gingen sie ohne freundlichen Gruß wieder fort. Da weinte das Bäumchen. Schließlich war es von all dem Erlebten und Geschauten so müde und matt, daß es einschlief. Es schlief die ganze Nacht und den ganzen folgenden Tag. Als es erwachte, stand es mitten in einem prächtigen Saal auf einem weißgekleideten Tisch. Und heute war es noch schöner aufgeputzt und geziert als gestern. Mit Glanzhaar, mit silbernen Ketten und goldenen Schnüren, mit Sternen und Blumen war es ganz überdeckt; an allen Zweigen trug es Früchte wie die Laubbäumchen, schwarzrote Kirschen, goldgelbe Birnen und rotwangige Äpfel; dazwischen gaukelten und schaukelten bunte Vögel und schimmernde Engel – unzählige Kerzchen ued farbige Glühkügelchen strahlten an seinen Ästen; auf seiner Spitze prangte ein funkelnder Stern, und darunter tanzten goldene Engel, die mit silbernen Glöcklein ein wundersames Bimmelbammelspiel aufführten. Zu Füßen des Bäumleins lag ein zum Küssen schönes, liebes Kindlein in einer Krippe, und rund herum standen viele prächtige Sachen, die aber das Tannenbäumlein größtenteils nicht kannte. Die Mutter war da und ein schöner, großer Mann. Wie die zwei miteinander sprachen, erfuhr das Bäumlein, daß der Mann der Vater von Elsa und Siegfried war; es merkte, wie die Menschen einander liebten, viel tiefer und stärker, als so ein Tannenbäumlein nur begreifen kann; es fühlte, daß Elternliebe die reinste und zarteste ist von allen; es hörte, daß das wunderliebliche Kindlein in der Krippe das heilige Christkind sei, das heute der ganzen Welt eine unendliche Freude bringe, daß es selber, das Tannenbäumlein nämlich, dem Christkind zu Ehren aufgestellt worden war und Christbäumlein hieße. – Und wie das Tannenbäumlein all dies überdachte, ging plötzlich die Türe auf. Herein stürmten Klein-Elsa und -Siegfried und blieben wie gebannt mit funkelnden Äuglein und offenen Mäulchen vor dem Christbaum stehen. Zu gleicher Zeit erklang aus dem Nebenzimmer eine weiche, süße und sanfte Musik, wie das Tannenbäumlein so was Schönes noch nie gehört hatte, und wie es nur im Himmel sein konnte. Und die wunderlieblichen Töne verbanden sich mit den Worten:

„Stille Nacht, heilige Nacht
Alles schläft, einsam wacht

Nur das traute, hochheilige Paar,
Holdes Kindlein im lockigen Haar,
Schlafe in süßester Ruh',
Schlafe in süßester Ruh'."

Die Kinder lauschten und das Bäumlein lauschte. Sie lauschten noch mehr, als die Mutter anfing, vom göttlichen Christkind zu erzählen, wie es heute nacht auf die Welt gekommen, in unendlicher Liebe und Güte, und wie es die ganze Welt zum Himmel gemacht habe. – Das Bäumlein hatte die beiden Kinder, als sie hereinstürmten, herzlich grüßen und dann sich munter drehen wollen, damit seine Schönheit von allen Seiten betrachtet werden könne. Aber nun konnte es sich nimmer rühren, es vermochte auch kein Wort herauszubringen in seiner herzklopfenden Freude. Es meinte, grad sterben zu müssen vor lauter Glück und Seligkeit. Gibt's ja auch für so ein Tannenbäumlein nichts Höheres, als wenn es zum Christbaum wird. – Und richtig, wie das Lied von der Heiligen Nacht abermals einsetzte, schlief das glückliche Tannenbäumchen ein und träumte einen langen, süßen Weihnachtstraum, aus dem es nimmer erwachte.

Krippenmachers Himmelsgang

Eine Geschichte

Willibald Krautmann und Weihnachten, die zwei Dinge gehörten zusammen wie Tür und Angel, wie Zifferblatt und Uhr, wie Turm und Glocke. Durchs ganze Jahr hindurch war Krautmanns Sinnen und Träumen und Streben einzig auf Weihnachten gerichtet. Mehr als tausend Krippenfiguren hatte er zeit seines Lebens geschnitzt, sechzig Krippenberge hatte er gebaut, bei jeder festlichen Krippenvereinstagung in Innsbruck war er dabei. Willibald Krautmann hatte einen kleinen, runden, stockigen Körper, der viel zu klein war für seine hochstrebige Seele. Nicht selten blähte sich diese mächtig auf, stieg ihm über den Kopf und wisperte ihm in die Ohren: „Willibald, du bist doch der größte Krippenmeister landauf, landab, kein anderer kann sich neben dich stellen. Es wird auch kaum einer sein, der beim Christkind so hoch in Ehren steht wie du. Wenn du einmal zum Himmel hinaufkommst, reißen sie wohl alle Türflügel auf und führen dich im Triumph hinein. Du hast ja dem Christkind im Bilde so oft eine Wohnung eingerichtet, und da kann's gar nicht anders sein, als daß dir das Christkind im Himmel einen Palast einräumt." Sotanen Einflüsterungen schenkte das knollige Männlein jederzeit ein williges Gehör.

Nun geschah es, daß Willibald Krautmann starb und just in der Nacht vor dem Heiligen Weihnachtsabend. Leicht war er hinübergegangen, und drüben trabte er nun rüstig den steilen Weg zum Himmel empor, fing auch alsbald mit sich selber zu reden an ...

Siehst du, mein lieber, guter Willibald, wie das Christkind diejenigen ehrt, die es ehren will? Gerade am Heiligen Abend, zum schönsten Fest im Himmel, läßt es dich holen. Vielleicht rufen sie dich just deswegen hinauf, daß du ihnen droben die Himmelsweihnachtskrippe schön instand setzest. Da ist aber die Zeit schon reichlich knapp, und sie hätten mir's früher sagen können. Nun, wir werden ja sehen ...

Wie der Willibald ans Krippenmachen im Himmel dachte, überkam es ihn wie ein Fieber, und die Wanderschaft ging ihm viel zu langsam. Der Weg war weit, und Winter war es und kalt. Oft glitt der Himmelswanderer am eisigen Pfade aus und rutschte ein paar Schritte zurück. Das ärgerte ihn, und weil kleine Häfelein schnell übergehen, begann er auch alsbald regelrecht zu murren ...

Wenn sie ihn schon durchaus im Himmel droben haben wollen, könnten sie ihm wohl ein Fuhrwerk schikken, das wäre nicht zuviel verlangt. Es müßte just kein zwölfspänniger Wagen sein, mit einem Viergespann wäre er auch zufrieden. Und was tun denn die vielen Engel im Himmel, daß ihm gar keiner entgegenkommt? Er verlangt gewiß nicht, daß eine ganze Legion Engel daherkomme, ihn zu begleiten, aber ein paar Dutzend von der vornehmeren Gattung könnten ihm schon das Geleit geben, das wäre nicht mehr als anständig. Willibald Krautmann ist doch kein Handwerksbursch, den man allein dahertrappen läßt...

Aber trotz alles Murrens und Knurrens erschien weder eine Engelsgarde noch eine Himmelskarosse mit Vier- oder Zwölfergespann, und dem Willibald Krautmann blieb nichts anderes übrig, als wieder mühsam fürbaß zu schreiten. Lange Zeit wanderte er schweigend dahin, es wurde dunkel, Mond und Sterne gingen auf und dem müden Wanderer versagten schier die Kräfte. Er setzte sich auf einem größeren Stern nieder, um ein wenig zu rasten. Da sah er plötzlich in der Ferne das himmlische Jerusalem, die wunderbare Stadt Gottes. Sie lag auf einem Berg von reinstem Silber, und die Mauern, die Häuser, die Kirchen, die Schlösser und Türme waren purlauter von Gold. Drinnen in der Stadt strahlte ein wunderfeines Licht, tausendmal heller als die Sonne, aber viel milder und sanfter. Rot, blau, grün und in hundert anderen Farben schimmerten die Fenster an den goldenen Häuserfronten. Entzückt schaute Willibald Krautmann hin.

Aber kommt denn immer noch niemand? Vielleicht sind sie mit den Vorbereitungen für seinen Empfang noch nicht fertig, oder – oder sie vermuten ihn noch in weiter Ferne und haben keine Ahnung, daß er schon da ist. Melden wir uns ein bißchen!

Er stand auf, winkte mit seinem großen Hut und schrie aus Leibeskräften: Halloo! Da flatterte ein Englein im weißen Kleidchen über den goldenen Zinnen empor, hielt kurzen Ausguck und verschwand – husch – wieder...

... Ah, jetzt wird's losgehen, jetzt werden sie mit

Die Heiligen Drei Könige aus der Krippe von Max Gheri (um 1900) allen Glocken zusammenläuten und mit Böllern schießen oder gar mit Kanonen.

Aber es verging eine Viertelstunde, und nichts rührte sich. Nur ein paar feine, leise Glockentöne klangen, wie das Glockenspiel im Salzburger Dom, allerdings viel schöner, und sie spielten die Melodie: „Stille Nacht, heilige Nacht!“ Das war aber weit hinten im Himmel und hatte jedenfalls mit dem Empfang des Krippenmachers nichts zu tun, verstummte auch bald wieder. Willibald Krautmann schüttelte den Kopf.

Aber jetzt geht ihm ein Licht auf. Sie wollen ihm eine Überraschung bereiten. Er soll ganz nahe an den Himmel herankommen, dann werden die Tore aufspringen, und die ganze himmlische Pracht wird herausströmen, die Chöre der Erzengel und Engel, die Reihen der Patriarchen, Propheten, Apostel usw. Ja, ja, so wird es sein, nicht anders. Er ist zwar im Leben nie für Überraschungen gewesen, aber wenn sie im Himmel just die Freude an Überraschungen haben, will er ihnen in Gottes Namen die Freud lassen ...

Hochgemut stapfte Willibald Krautmann nun auf den silbernen Berg zu und stand in nicht langer Zeit vor dem Himmelstor. Aber dieses sprang nicht auf, und keine Musik schmetterte ihm ins Gesicht, und nichts strömte heraus, sondern alles blieb still, wie wenn niemand da wäre.

Himmelherrschaft, wie ist so etwas zu verstehen? – Doch nun fällt dem Krautmann das Richtige ein: die Engel sind kleine Spitzbübchen, sie wollen sich einen Spaß mit ihm erlauben und ein wenig Verstecken mit ihm spielen. Hat er sich doch auch öfters in seinen

Krippendarstellungen den Spaß gemacht und die Engel Versteckenspielen lassen. Nachher, wenn sie ihn ein bißchen genarrt haben, werden der Jubel und die Freud umso größer sein. Aber alles läßt sich der Krautmann nicht gefallen. Ein Spaß, der zu weit geht, ist kein Spaß mehr. Und das dürfen sich die Engel schon gar nicht einbilden, daß er wie ein Bettler vor der Himmelstür steht und jämmerlich um eine Herberge bittet. Nein, so tief hat's noch nicht geschneit, so etwas hat er nicht nötig, er, der Willibald Krautmann, der sein Lebtag für das Christkind gearbeitet, der so viel zur Verschönerung des Weihnachtsfestes getan und unendliche Verdienste um das Krippenwesen sich erworben hat. Wenn sie im Himmel drinnen warten können, kann er heraußen auch warten. Schauen, wem früher der Geduldfaden bricht!

Und alsbald schwenkte der Krippenmacher nach links hinüber, setzte sich hundert Schritte vom Himmelstor entfernt auf einen Stein, stützte den Kopf mit beiden Händen und schmollte. Lange dauerte es nicht, so vernahm er hinter der Torwölbung eine Menge feiner, heller, jubelnder Stimmchen, und schon ging das Himmelstor weit auf, eine ungeheure Schar lichter Engelchen drängte heraus, die hatten weißseidene, goldgestickte Röcklein an, trugen allerhand Musikinstrumente in den Händen und wollten vor freudiger Ungeduld fast verzappeln. An der Torschwelle stand St. Petrus, der mit schöner, tiefer Baßstimme zu den Engelchen sprach und ihnen die Weisung gab, sie möchten in dieser Heiligen Nacht auf die Erde hinunterfliegen und allen Menschen, die guten Willens sind, die Christkindfreude verkünden; aber nicht zu stürmisch sollten sie es machen, sondern fein, nett und bescheiden, wie es sich für Himmelskinder gezieme. Nur mit halbem Ohr hörten die Engelchen auf die Mahnung, die meisten hörten gar nicht darauf – und heideldidum ging es singend, jauchzend, musizierend im lustigen Reigen hinunter zur Erde, wie es Meister Bachlechner einmal so wunderlieb gemalt hat ...

Krippenmacher Krautmann, abseits der Himmelstür, hustete ein paarmal kräftig, damit die Engelein auf ihn aufmerksam würden. Aber nicht ein einziges warf ihm einen Blick zu, sie hatten auch gar keine Zeit, auf den Hüstler zu achten. Nun kannte sich der Willibald nicht mehr aus.

Ist am End bei der allgemeinen Weihnachtsgeschäftigkeit gar vergessen worden, seine Ankunft im Himmel zu vermelden? Dann muß er sich aber selbst bemerkbar machen.

Mit ein paar Sprüngen war Meister Krautmann wieder am Himmelstor, und schon hing er mit dem ganzen Gewicht seiner runden, dicken Persönlichkeit am Glockenzug. Drinnen schrillte ein gellender Glockenton durch die Himmelsräume. Da steckte auch schon St. Petrus, der Himmelspförtner, seinen Kopf durch das Schubfensterchen heraus und fragte unwirsch:

„Wer reißt uns denn da die Torglocke aus dem Pegel? Was für ein Grobian ist draußen?"

„Ich, Willibald Krautmann, bekannter Krippenkünstler, Heiligenbildschnitzer, Weihnachtsverschönerer usw. usw.", erwiderte der Krippenmacher.

„Hm, hm – Willibald Krautmann", tat Sankt Petrus; „ein merkwürdiger Name – nicht bekannt. Und Ihr möchtet wohl eine Herberge bei uns?"

„Selbstverständlich. Ich warte ja schon eine Stunde da heraußen."

„Ganz selbstverständlich ist die Sache nicht. Wir wollen sehen, ob Euer Name im Buche des Lebens steht."

Mit diesen Worten verschwand Petrus und ließ das Männlein, das Augen und Mund weit aufgerissen hatte, stehen.

... Na, dank schön für den freundlichen Empfang! Man kennt ihn gar nicht da heroben, ihn, den Willibald Krautmann, und man muß erst nachsehen, ob er im Buch des Lebens drin steht, ha, ha. Undank ist der Welt Lohn – hätt' nicht gemeint, daß das im Himmel auch der Fall wäre ...

Da kam aber schon der Himmelspförtner mit einem großen Buch daher, blätterte eine Zeitlang darin und sagte dann:

„Ja, ja, es stimmt. Willibald Krautmann. Im Buch des Lebens seid Ihr drinnen; aber damit steht Euch der Himmel noch lange nicht offen. Ihr müßt vorerst noch einige Jährchen ins Fegfeuer."

„Ich? Ins Fegfeuer? Wär nicht hantig!" schrie das Männlein fast erbost; „da möcht ich schon bitten um Grund und Ursach."

„Die könnt Ihr wissen. Hört nur! Ihr seid hoffärtig und eitel gewesen, manchmal sogar arg stolz auf Eure Werke. Keinen andern habt Ihr neben Euch etwas gelten lassen und habt gemeint, daß niemand so schöne Sachen zustande bringt wie Ihr. Weniger zu Gottes Ehre habt Ihr gearbeitet als um Menschenlob und Erdenruhm.

Ihr wißt schon, die Hoffart taugt am allerwenigsten in den Himmel, dieser Rost muß vorerst aus der Seele ausgebrannt werden."

„So, so, Herr Himmelsportner, auf derlei Kleinigkeiten reitet Ihr herum? Ihr seid ein Fischer gewesen, und so ein Fischfänger hat gar keine Ahnung, kann auch keine haben, wie einem Künstler zumute ist, wenn ihm ein Werk gut gelingt. Ein bißchen Künstlerfreude wird doch kein Verbrechen sein. Und von anderen Dingen sagt Ihr gar nichts. Ich habe zeit meines Lebens mehr als ein halbes Hundert Weihnachtskrippen aufgestellt, Engeln und Menschen zur Freude und den andächtigen Seelen zur Erbauung. Viele himmlische Gedanken habe ich in den Menschenherzen erweckt, viel Weihnachtsfreude gestiftet, und an meinen betenden Figuren konnten sich die Leute ein gutes Beispiel nehmen."

„Das alles steht hier aufgeschrieben, buchstäblich genau. Aber das andere steht auch, die Hoffart nämlich, und ich kann es nicht herauskratzen."

„Ja, ja, einen Fehler hat jeder Mensch, und ich bilde mir nicht ein, daß ich zu den allergrößten Heiligen gehöre; aber ein solches Wesen wegen einer winzigen Kleinigkeit sollte man nicht machen."

„Mein Guter, hier stehen aber noch andere Dinge geschrieben. Ihr habt es oft gar sehr an der christlichen Geduld fehlen lassen. Wenn Euch eine Arbeit nicht glatt von der Hand gehen wollte, seid Ihr in groben Zorn ausgebrochen und habt ..."

„Herr Portner, das war ein heiliger Zorn", fiel Willibald Krautmann dem Petrus ins Wort; „der böse Feind, der meine Arbeit nicht leiden konnte, hat mir oft das

Handwerkszeug versteckt oder er hat mir den Krippenberg umgestoßen, so daß alle Figuren durcheinandergekugelt sind – da ist mir wohl mit Recht ein Zörnlein aufgestiegen."

„Aber Ihr habt dann just keinen andern angerufen als den bösen Feind, und die Sprüche, die Ihr dazu gemacht habt, waren nichts weniger als Stoßgebetlein."

„Du lieber Himmel, wer denkt denn daran, was er im Zorn sagt? So etwas darf man nicht auf die Goldwaage legen. Und Schaden gemacht im Zorn, wie andere Leute, hab ich nie. Ich hab nie mit dem Schwerte dareingeschlagen und hab keinem Menschen ein Ohr abgehauen."

„So, so, Ihr wollt, scheint es, mit mir einen Prozeß anfangen", sprach St. Petrus scharf; „da müßt Ihr Euch schon um einen Advokaten oder Fürsprecher umsehen."

„Ganz einverstanden. Laßt mich nur einen Sprung in den Himmel machen, dann werd ich bald einen Fürsprech oder eine Fürsprecherin haben."

„In den Himmel kommt nichts Unreines herein, und wenn Ihr einen Fürsprecher haben wollt, dann müßt Ihr schon drunten auf der Erde suchen."

„Auf Erden drunten weiß ich mir leider keinen."

„Ja, ja, das ist's eben, hier fehlt es besonders. Und nun will ich Euch den stärksten Schuldposten auf Eurer Lebensrechnung vorlesen. Ihr habt viel zuwenig Nächstenliebe geübt, Ihr habt es unterlassen, durch reichliche Werke der Barmherzigkeit Euch Fürsprecher im Himmel zu gewinnen."

„Du lieber Gott, ich hab meine Kreuzer notwendig für das Christkind gebraucht und für das Krippenmaterial und für den Weihnachtsschmuck.“

„Dem Christkind ist kein Krippenaufwand so lieb wie eine mildherzige Gabe an darbende, notleidende Menschen. Almosen sind ihm der liebste Weihnachtsschmuck.“

„Wär schon recht, wenn man's hätt' ... Eine Kleinigkeit hab ich immer gegeben.“

„Die Kleinigkeit war schon gar zu klein. – Voriges Jahr habt Ihr just am Heiligen Abend eine arme Witwe mit drei hungernden Waislein von Eurer Türe gewiesen.“

„Du lieber Himmel, voriges Jahr hab ich an meiner Krippe die Heiligen Drei Könige und die Hochzeit von Kana neu fassen und die Umrahmung neu vergolden müssen. So etwas kostet Geld, und unser Geld hat keinen Wert. Die Zeiten sind schlecht, alles sündteuer.“

„Immerhin ist Euch von den Auslagen noch soviel übriggeblieben, daß Ihr in der Heiligen Nacht einen Trunk tun konntet, der weit über den Durst ging und Euch nachher schwer zusetzte.“

„Mein Gott, mein Gott, es war nur ein Freudenräuschlein, ein ganz kleines ob der Weihnachtsfreud, niemand hat mir was angemerkt. Von dem billigen, schlechten Wein, den man heutzutage kauft, braucht man nur ein Gläschen zu trinken, so spitzt sich das Ding schon im Kopf.“

„Was? Lügen tut Ihr auch noch? Es waren zwei Flaschen Rametzer von der teuersten Sorte. Und nachher auf dem Weg zur Christmette habt Ihr gar nicht mehr allein gehen können, sondern habt Euch müssen von

Nachbarn führen lassen. Mit Lügen kommt Ihr nicht auf, das Lügen ist mir vom Herzensgrund zuwider."

„Lieber St. Petrus, nichts für ungut!" bat der Willibald kniffig heuchelnd. „So ein kleines Notlügl überrumpelt oft den besten Menschen. Ich hab einmal von einem gelesen, der, ehe der Hahn zweimal krähte, sich schon dreimal aus der Not herausgelogen hatte."

„Aber er hat's auch sein Leben lang beweint, während Ihr Eure Sünden alle beschönigt und bemäntelt", donnerte ihn der Himmelspförtner an. „Meine Geduld ist erschöpft. Geht jetzt an den Ort, wohin Ihr gehört. In zehn Jahren, wenn Eure Seele geläutert ist, könnt Ihr wieder einmal herfragen. Adjes unterdessen!"

Mit diesen Worten schlug St. Petrus das Fensterlein zu und trat in das Torstübchen zurück. Jetzt erst merkte Willibald Krautmann, daß es Ernst wurde, bitterer Ernst. Er klopfte ganz demütig an das Fensterlein und bettelte und jammerte wie eine arme Seele, der Himmelspförtner möge noch einmal öffnen und etwas weniges reden lassen. St. Petrus hörte jedoch nicht auf ihn. Ein dutzendmal wohl zog der Krippenmacher an der Torglocke, diese gab aber keinen Laut mehr, und drinnen im Himmel war alles mäuschenstill. So blieb dem armen Quartiersucher nichts übrig, als sich auf den Weg zu machen nach dem Fegfeuer. — Aber nein, so müde, wie er heute ist, und mitten in der Nacht geht er nicht mehr hinunter. Er suchte da in der Umgebung des Himmels ein Plätzchen, wo er sich niederlegen und schlafen kann.

Angstvoll trippelte Willibald Krautmann um die Himmelsmauer herum, da sah er plötzlich ein Fensterchen, durch das heller Lichtschein herausfiel. Er huschte schnell hinzu und guckte neugierig durch das Fensterlein. – Heiliger Gott! Da drinnen war der große Festsaal des Himmels.

Mitten im Saale lag auf einem goldenen Bettchen in silbergestickten Windeln das hochheilige Christkind und hatte ein Gesichtlein, so herzig und lieb und süß, daß die Engel vor Entzücken ganz außer sich waren und es immer küssen wollten. Zu Häupten des Kindleins kniete Maria, die Himmelskönigin. Sie war jung und schön, und eine unendliche Muttergüte spiegelte auf ihrem Antlitz. Rundum im weiten Kreise knieten und standen alle Heiligen, angetan mit prächtig farbenen, gold- und silberglänzenden Gewändern. Bis zum Giebel des Saales konnte der Krippenmacher nicht hinsehen; doch kam von oben ein wunderbares, ruhiges, unbeschreiblich helles Licht. Das strömte gerade auf das Christkind hernieder, und vom Christkind strahlte es nach allen Seiten aus, auf die Heiligen hin, die mit einem Male zu glühen begannen, als wären ihre Körper von Kristall, und sie hätten eine Sonne im Innern. Willibald Krautmann merkte sofort, das ist die unendliche, Herzen und Seelen beglückende, entzückende Liebe. Noch hatte er nicht den tausendsten Teil der Herrlichkeit betrachtet, als ein millionenstimmiges Singen begann: „Gloria in excelsis Deo et in terra pax hominibus bonae voluntatis." Und Schalmeien flöteten darein, Harfen rauschten, silberfeine Glöcklein bimmelten, es war eine Musik, lind wie Öl und süß wie Honig – auf Erden ahnt niemand, daß es so eine Musik überhaupt geben kann. – Da wurde es dem Willibald Krautmann heiß in der

Brust, es zwickte, es zwängte, es brannte ihn, wie wenn er Feuer im Herzen hätte. Ein ungeheures Sehnen war es, ein Weh, daß er glaubte, noch einmal sterben zu müssen. Er wollte reden, konnte es aber nicht, noch weniger konnte er schreien, darum jammerte er nur im tiefsten Herzensgrund:

„O allerliebstes Kind,
Verzeih mir meine Sünd,
I will's ja nimmer tuan,
Bitt di schuan!"

Und nun begann er zu weinen, anfangs leise, dann lauter und dann ganz laut, gellend, heulend. Den Kopf preßte er an die Fensterscheibe, so daß das Glas naß wurde von seinen Tränen ... Plötzlich tat es einen Krach, das Fenster ging zu Scherben, Willibald Krautmann erschrak heftig, an seinen Füßen zog und zerrte etwas furchtbar Schweres, er konnte sich nicht mehr halten und stürzte in die Tiefe ...

Aber schon hörte er eine bekannte Stimme:

„Was ist denn? Was fehlt denn, um Gottes willen?"

Er schlug mühsam die Augen auf. Da lag er in seiner Kammer, im warmen Bett, und neben ihm stand seine Frau, die ihn immer noch an den Schultern rüttelte. Jetzt wurde ihm klar, daß er aus einem schweren Traum erwacht war.

„Was hast du denn, du Hanskaspar?" rief die Frau. „Du stöhnst ja und winselst, als wenn dir der Kopf oder mindestens ein Ohr abgeschnitten würde."

„Ich bin im Himmel gewesen", entgegnete er.

„Ein feiner Himmel, wo man so jämmerlich schreien und keuchen muß.“

„Sei still, Weib; das verstehst du nicht. Ich werde dir alles erzählen.“

Aber der Willibald Krautmann erzählte seiner Frau nur die Hälfte von dem, was er erlebt. Dafür wurde er immer nachdenklicher, am Sonntag ging er zur Beicht, in den Weihnachtsfeiertagen verlor er ein größeres Geld – wenigstens glaubte seine Frau, er hätte es verloren –, er tat freundlich mit allen Leuten und hatte kein ungeduldiges Wort mehr. Und zu Lichtmessen sagte er einem Nachbar, er habe dieses Jahr besonders schöne segensreiche Weihnachten gehabt. Dem Nachbar eröffnete er auch, weil es sein bester Freund war, den ganzen Hergang seiner Himmelfahrt.

Der Blaser-Riepl horcht, was das Vieh redet in der Heiligen Nacht

Eine Geschichte

Beim Tengelhofer in Martein saßen die Leute gerade beim „Heiligen Mahl", das am Weihnachtsabend nach zwölf Uhr mittags eingenommen wurde. Die Pfanne mit dem leckeren Schmalzmus hatte bereits das Feld geräumt oder war vielmehr geräumt worden, der Weihnachtsbrei hatte auch schon das Tageslicht hinter sich, und ingleichen waren die Krapfen abgefertigt. Als nun zuletzt der mit Süßigkeiten gespickte Nußkuchen auf den Tisch rückte, waren die meisten Esser schon gesättigt. Riepl [1], der Großknecht, von seiner Heimat der Blaser genannt, schnitt ein breites Stück aus dem Kuchen heraus und schob es unauffällig der Mitterdirn Nandl zu. Diese lachte ihn mit ihren hellen Augen lustig an und ließ einen rotwangigen, großen Apfel zu ihm hinüberrollen. Darob schnitt Trine, die blatterstöppige Kuchelin [2], die rechtsäugig dem Kaiser aus dem Land schaute [3], eine bittere Grimasse auf die Mitterdirn. Trotzdem die Trine ein bedeutend alter Jahrgang war – man sprach von dreiundfünfzig –, hegte sie immer noch Heiratshoffnungen, und der Mitterdirn Nandl brachte sie umso weniger Freundschaft entgegen, als sie glaubte, von dieser bei Riepl, dem Groß-

---

[1] Rupert, [2] blatternarbige Küchenmagd, [3] mit dem rechten Auge schielte

knecht, ausgestochen worden zu sein. Tatsächlich waren der Riepl und die Nandl schon soviel wie ein Brautpaar, und sie wollten nach Lichtmessen zusammen heiraten. Gegenüber der Trine hatte Riepl eine scharf abweisende Defensivstellung eingenommen, sein Herz gehörte der Nandl. Durch Fleiß und Sparsamkeit hatte er es zu einem schönen Kreuzer Geld gebracht, mit dem er jüngst das Haidengütl in der Grasleite erstanden hatte; dort gedachte er, zu Lichtmessen sich und die Nandl als neugebackene Besitzersleute einzuführen. Jung waren auch er und sie nicht mehr. Die Nandl stand schon sehr tief in den Dreißiger, doch ließen ihr munteres Herschauen und die frischen Wangen sie jünger erscheinen. Riepl konnte seine hoch Vierzig nicht verleugnen, aber er stellte immer noch einen flinken, respektablen Bräutigam vor. In bezug auf Geistesgaben war die Nandl ihrem Zukünftigen weit über; sie war leichtmerkig, findig und belesen. Hingegen befand sich der Riepl schon seit den Schulzeiten im Kriegszustand mit sämtlichen Truppengattungen von Buchstaben, kleinen und großen, deutschen und lateinischen. Er war kein Schriftgelehrter, sondern ein Pharisäer. Mit ausdauerndem Eifer las und betete er in der Kirche aus einem großen Gebetbuche, doch behauptete seine andächtige Nachbarschaft, daß er das Buch meistens umgekehrt in den Händen halte. Allein, was dem Riepl an Gelehrsamkeit mangelte, das ersetzte er redlich in einem anderen Fache. Er kannte jeglichen Aberglauben, der landaus, landein auf die unterschiedlichen Zeiten des Jahres gestiftet war, samt Umständen und Bedingungen, und er glaubte schier fester daran als an das Evangelium. Darum führte Riepl auch heute, als nach dem „Heiligen

Mahl“ die Rede auf die seltsamen Dinge kam, die in der Christnacht sich zutragen sollen, das große Wort. Die Geschichte von der „Frau Holle“ und von der „Berchta“ wurde gründlich abgehandelt, dann kamen der „Zuselmann“ und das „Zuselweib“ an die Reihe und schließlich die Mär, daß in der Heiligen Nacht während der Christmette das Vieh im Stalle mit menschlichen Stimmen rede und über die Ereignisse, die im kommenden Jahr eintreffen, einen lebhaften Diskurs führe. Man könne da zukünftige Dinge erlauschen.

„So etwas ist eine Narretei“, widersprach Hardl, der Kleine Knecht, „ein Vieh kann nicht reden und redet nicht.“

„Das Vieh redet“, erklärte Riepl gewichtig; „in der Heiligen Nacht ist das Vieh gescheiter als du — fiiiit!“

Der lange Pfiff, mit dem er den Satz abschloß, klang so überlegen, daß kein Widerspruch dagegen mehr aufkam.

„Natürlich redet das Vieh. Warum soll es nicht reden? Es hat doch ein größeres Maul und eine stärkere Zunge als der Mensch.“

So schürte Jörg, der Bauknecht, der ein Leutfex [1] und Bärentreiber war. Trine, die Küchenmagd, aber warnte:

„Ich will's keinem raten, in der Heiligen Nacht das Vieh zu behorchen.“

„Warum nicht?“ fragte Hardl, der Kleine.

„Warum nicht? Weil's das Vieh nicht leidet. Laß dir nur erzählen, wie es dem alten Rindlhofer ergangen ist.“

„Wie denn?“

[1] einer, der gern die Menschen narrt

„Wie? Er ist in den Stall gegangen zu horchen, und das Vieh hat geredet. Ein Ochs hat gesagt: Heut haben wir einen dicken Stock im Barren [1], in drei Tagen werden wir ihn zu Grabe fahren! – und richtig, am Sankt-Johannis-Tag hat man den Rindlhofer in den Freithof getragen . . . Das magst dir merken, Frosch, du grasgrüner!“

„Wer in den heiligen Zwölfen [2] auf die Welt gekommen ist, dem geschieht nichts“, versicherte der Riepl; „einem solchen kann das Vieh nichts Böses wünschen oder tun.“

„Wann bist du auf die Welt gekommen, Riepl?“ fragte Jörg, der Bauknecht.

„Am Abend vor Heilig Drei Königen.“

„Da wärst du ja der Richtige. Du könntest ohne Gefahr heute nacht den Viehdiskurs im Stalle belauschen. Sicher würdest du manch schöne Neuigkeit erfahren, z. B. wie der neue Stand dir und deiner Zukünftigen anschlägt.“

„Und was für ein Strohschober dem Bauknecht aus seinem Dachskopf herauswächst“, zischte Nandl, die Mitterdirn.

„Hahahaha“, lachten viele Stimmen.

„Ich bin nicht neugierig auf zukünftige Dinge, versicherte der Riepl, dabei spielte aber ein pfiffiges Lächeln um seinen Mund.

Dieses Lächeln kannte der Bauknecht. Wenn Riepl so pfiffig schmunzelte, war es allemal das unfehlbare Zeichen, daß er etwas ganz Schlaues im Schilde führe. Dar-

[1] Barren = Viehkrippe
[2] die Zeit von Weihnachten bis Heiligdreikönig

um sagte der Jörg nichts mehr, sondern lachte nur verschmitzt, tückisch in sich hinein.

Tatsächlich war der Riepl nicht erst von heute, sondern seit langem schon entschlossen, dieses Jahr die Unterhaltung des Viehes zu belauschen. Zweifelte er doch nicht im mindesten, daß das Vieh heuer von ihm und der Nandl reden müsse, und daß er dabei manchen Aufschluß über seine Zukunft erhalten werde. Nur durfte er keinem Menschen mit einer Silbe verraten, was er vorhatte – das war unerläßliche Bedingung, sonst redete das Vieh überhaupt nicht – und deshalb verhehlte er selbst der Nandl seinen Plan. In früheren Jahren schon war er öfters zur Zeit der Christmette im Stall gewesen, doch immer ohne Erfolg; da war er dann darauf gekommen, daß er jedesmal eine oder die andere Bedingung übersehen hatte. Diesmal sollte es ihm gewiß nicht fehlen; er würde schon allen Fleiß anwenden, um jeglicher Bedingung gerecht zu werden. Aus diesem Grunde verließ der Riepl auch alsbald die Stube und ging in seine Kammer, wo er die letzten Vorbereitungen für sein Unternehmen traf.

Langsam rückte der Abend heran. Die Hausräucherung wurde vorgenommen, das Nachtmahl fiel ob der Fastenregel ziemlich mager aus, die drei Rosenkränze, die am Heiligen Abend in allen Häusern gebetet werden, kamen heute etwas kurz weg, hernach las das Rosele aus dem alten Evangelienbuche wunderschön die drei Evangelien nebst einer frommen Erklärung – dann suchten alle zu einer kurzen Nachtruhe ihre Kammern auf.

Vom Kirchturme schlug es gerade zehn Uhr, als eine dunkle Gestalt beim Tenglhofer in die Scheune huschte.

Krippe von Sepp Baumgartner

Es war Riepl, der Großknecht. – Drinnen suchte er auf dem Heuboden ein Futterloch, das auf einen leeren Barren in den Stall hinuntermündete. Er warf einige Büschel Heu durch das Loch, und dann rutschte er selber über ein Brett hinunter in den Barren. So vorsichtig und heimlich er seine Abfahrt auch bewerkstelligt hatte, es entstand doch einiger Tumult unter dem Vieh; erst nach geraumer Weile beruhigten sich die Tiere. Im Stalle war es behaglich warm, der Riepl lag weich gebettet im Heu, und doch fühlte er sich nicht ganz wohl im Viehbarren. Eine unheimliche Stille herrschte, nur ab und zu vernahm er das Hauchen oder das Wiederkäuen eines Rindes – von draußen herein scholl das eintönige Bellen der Habergeiß [1]: „Pipipipipi!" Dann stieg der Mond hinter dem Walde empor und warf einen geisterhaften Schein durch das trübe Glas der Stallfenster. Dem Riepl wurde von Minute zu Minute unheimlicher. – Auf einmal tönten vom Kirchturm im gewaltigen Chor die Glocken hinaus in die Nacht. Es war, als ob jede eine lebendige Seele habe und aus ganzer Seele ihren Laderuf in die Berge und Täler hineinsinge. Die Glockentöne drangen dem Riepl durch Mark und Bein – so unheimlich hatten die Glocken noch niemals geklungen. Jetzt schwiegen sie, und jetzt setzten sie wieder ein im vollen, majestätischen Dreiklang.

Nun mußte die Christmette in der Kirche begonnen haben. Der Riepl wischte sich leise die kalten Schweißtropfen von der Stirn. – Doch was war das? – Ein gespenstiger Laut. – Jetzt wieder ein tiefes, langgedehntes: „Määh!" – Und nun begann es wirklich in menschlichen

---

[1] Nachteule.

Stimmen zu reden. – Schecke, die alte Kuh im gegenüberliegenden Winkel, eröffnete die Unterhaltung. Sie sagte mit dumpfer Stimme:

„Unsere Stunde ist da. Sind alle wach unterm Dach?"

Das Vieh wurde unruhig, brüllte und riß an den Ketten. Nach einer Weile sagte der braune Ochs auf der anderen Seite:

„Alle sind wach vom Schlaf: Kuh, Kalb, Bock und Schaf."

Und wiederum ließ sich die Schecke vernehmen: „Jedes Ding hat sein Maß und Ziel; zähl, ob keines zuviel."

Da lachte der Geißbock hinter der Planken hervor und rief in lautem Meckertone:

„Einer ist zuviel, der größte Ochs im ganzen Land. Er liegt im hintersten Barren und horcht an der Wand."

„Ist er vom Haus? Wie schaut er denn aus?" fragte die Kuh.

Der Bock erwiderte:

„Kleiner Kopf und große Ohr'n, breites Maul und keine Horn', meck, meck, meck."

„Sollen wir ihn nicht zerstoßen, zertreten, den Fretter?" schnaubte der braune Ochs.

„Mäh, mäh", blökte ein Lamm, „laßt ihn nur sitzen und schwitzen, die Strafe kommt später."

Dem Riepl klapperten die Zähne, während das Gespräch eine Zeitlang aussetzte. Dann begannen die Tiere wieder zu reden. Eine von den Kühen am untersten Ende des Stalles muhte:

„Uuu. Zwickbartl, sag uns wahr, was bringt das neue Jahr?"

„Fasnacht Gras und Klee, Ostern Heu, Jakobi Schnee“, meckerte der Bock.

„Das wär' ja ganz die verkehrte Zeit“ – ein Kalb.

„Die Zeit ist nicht verkehrter als die Leit“ – ein anderes Kalb.

„Was gibt's Neues im Haus? Was geht ein und was aus?“ fragte eine Kuh von der Mitte.

„Dem Tenglhofer fliegen Zwilling – zwei Buben – in die Wiegen, ein Brautpaar und ein halbes rumpelt über die Stiegen — meck, meck, meck“, antwortete der Geißbock.

„Ein Brautpaar und ein halbes, da möcht ich schon fragen, was das Ding soll bedeuten und sagen“, tat fürwitzig eine Geiß.

„Blaser-Riepl, der Kühne, heiratet mit der blatterstöppigen Trine – und Nandl, die Mitterdirn, heiratet den Birnhofer in Schmirn“, meldete der Bock.

„Die Nandl hat ja versprochen, daß sie den Riepl heiratet in sechs Wochen“, wurde der falbe Ochs laut.

„Plä, plä, plä, das ist alles null und nichtig, die Nandl hat's längst schon mit dem Birnhofer richtig. Dem Riepl macht sie 's Maul [1], er ist ihr viel zu alt und zu faul.“

„Ist' wahr? Ist's wahr?“ – zwei Kälber.

„Aufs Haar, aufs Haar, aufs Haar!“ – Bock und Geiß.

Betäubt, zerschlagen saß Riepl, der Horcher, da. Seine Augen wurden groß, der Mund noch größer; das Viehgespräch aber ging nun folgendermaßen:

[1] falsches Versprechen geben

„Der Riepl nimmt die Trine nicht, er hat von ihr ein' Graus."

„Aber die Trine nimmt den Riepl, sie laßt ihn nimmer aus."

„Was wird das nachher für ein Handel?"

„Ein böser Wandel, ein böser Wandel. Der Riepl kriegt keine gute Stund, und er muß kuschen wie ein Hund."

„Ist's wahr? Ist's wahr?"

„Aufs Haar, aufs Haar – aufs Haar, meck, meck, meck."

Es entstand eine lange Pause. Riepl ballte seine Fäuste, daß sie krachten. Am liebsten wäre er aufgesprungen und hätte den Bock bei den Ohren genommen; aber er wagte nicht, sich zu rühren. Wiederum schollen ein paar unheimliche Laute, dann sagte die alte Kuh:

„Muuuh – es ist schon vorüber uns're Stund. Gute Nacht und schlaft's g'sund!"

„Unser Diskurs ist aus und gar – glückseliges neues Jahr! Meck, meck, meck", schloß der Bock.

Dann herrschte Stille. Lange Zeit blieb der Riepl noch in seinem Barren hocken und spannte die Ohren. Es vergingen eine Viertelstunde, zwei, drei, ohne daß noch ein menschlicher Laut hörbar wurde. Nur das tiefe Fauchen der Rinder war zu vernehmen und ab und zu ein schmatzendes Wiederkauen. Da stieg der Riepl endlich aus dem Barren, kletterte vorsichtig vom Stall in den Tennen hinauf und rannte fluchtartig aus der Scheune. – Nach einer weiteren Viertelstunde wurde es drunten im Stalle lebendig. Zuerst ein kicherndes Flüstern, dann krochen hinter den Futterkrippen sechs dunkle Gestalten hervor, die sich schüttelten vor Lachen und einen ungeheuren Spaß hatten, daß der Ulk so vortrefflich gelungen. Die Spitzbuben waren aber niemand anderer als der Jörg, der Bauknecht des Tengelhofers, und fünf Burschen aus der Nachbarschaft.

Am nächsten Tage beim festlichen Weihnachtsmahl saß der Blaser-Riepl wie ein begossener Pudl hinter dem Tische. Er schaute nicht links, er schaute nicht rechts, steckte seine Nase tief in die Schüssel und sprach kein Wort. Die anderen Dienstboten neckten und stichelten an ihm herum, während Jörg, der Bauknecht, mit seiner ganzen dachsköpfigen Scheinheiligkeit in ihn drang, zu sagen, was ihm fehle und ob ihn jemand gekränkt habe. Trine, die schielende Küchenmagd, aber sagte:

„Riepl, so ein Gesicht, wie du machst, paßt nicht für den Heiligen Tag. Da iß einen süßen Krapfen, das hilft gegen Herz- und Magensäure."

Der Riepl wurde purpurrot, riß den Kopf in die Höhe, warf der Trine den Krapfen, den sie ihm zugeschoben hatte, mitten ins Gesicht und schrie:

„Alte Flatter, du garstige – mich bekommst du nicht, magst du dein Katzenauge noch so groß verdrehen!"

Die Trine spreizte ihre Finger auseinander und wollte dem Beleidiger in die Haare schießen; aber Nandl, des Blasers Braut, legte sich ins Mittel und sagte vorwurfsvoll zum Großknecht:

„Riepl, was treibst denn? Bist ganz aus dem Häusl?"

Da schrie der Riepl aus vollem Halse:

„Schlange, du falsche! . . . Mit dir red ich überhaupt nichts mehr – kannst einen anderen foppen und dir selber das Maul machen –, wir zwei sind miteinander fertig, ein für allemal!"

Es wurde mäuschenstill um den Tisch. Die Nandl aber schnabelte zurück:

„Von mir aus kannst du hingehen, wo der Kuckuck pfeift. Ich hab dich nicht bestellt und bin dir nicht nachgelaufen."

Nun setzte der Bauer eine ernste Miene auf und erklärte:

„Riepl, meine Leute laß ich nicht schimpfen, daß du's weißt! – Ich meine, da bist wieder einem Schalksnarr auf den Leim gegangen, und die Unschuldigen müssen es entgelten."

Der Riepl lärmte:

„Ich weiß schon, was ich weiß, und will dir auch was erzählen, wenn du neugierig bist. – Kannst dir eine große Wiege richten oder gar zwei – bekommst zwei junge Quartierleut! ... Um Fasnacht gibt's Gras, um Ostern Heu und zu Jakobi einen Schnee. Jetzt siehst du, daß ich etwas weiß."

Aller Augen starrten den Riepl an, während der Bauer mit dem Finger nach dem Hirnkasten deutete; der Bauknecht Jörg aber brach in ein hellgrelles Lachen aus und sagte dann:

„Riepl, bist am End gar heute nacht im Stall gewesen und hast dir vom Vieh die Neuigkeiten erzählen lassen?"

Der Riepl lärmte:

„Das geht niemand nichts an!" knurrte der Riepl.

Nun lachten sie alle. Sie zweifelten nicht mehr, daß er wieder einmal einer seiner abergläubischen Narrheiten zum Opfer gefallen sei.

Die Bäurin aber sprach:

„Ein guter Christ geht in der Heiligen Nacht zur Kirche

und nicht in den Stall oder sonstwohin, um sich vom bösen Feind allerlei Träume vorgaukeln zu lassen."

Zornig entgegnete der Riepl:

„Ich weiß, was ich weiß!"

Dann rannte er fort und schlug die Türe hinter sich zu.

Vierzehn Tage später trat beim Tengelhofer richtig ein freudiges Ereignis ein – aber es erschienen nicht zwei Buben, sondern ein Mädchen. Der Riepl stutzte. – Sollte der niederträchtige Geißbock gelogen haben? – Am nächsten Sonntag wurde der Birnhofer verkündet, aber nicht mit der Nandl, sondern mit der Rauch-Burgi. Nun verlor der Riepl alle Fassung.

Wie ein armer Sünder kam er zur Nandl und bat um Gnade und Verzeihung. Das verlogene Bockvieh, dem er noch den Hals umdrehen wolle, habe ihn betrogen und das Unheil verschuldet.

Die Nandl hatte vom Bauknecht Jörg schon den ganzen Hergang der Dinge erfahren und auf die reumütige Wiederkehr ihres Bräutigams gewartet. Nun tat sie anfangs sehr ungnädig und gekränkt. Dann hielt sie dem Riepl eine gesalzene Predigt über das erste Gebot Gottes. Sodann zündete sie ihm ein großes Licht auf, wie er sich in seiner Dummheit von einem Schalksnarren habe foppen lassen, und schließlich verzieh sie ihm. Der Riepl faßte aber einen bitteren Grimm auf den Bauknecht. Trotzdem wurde der Bauknecht dem Riepl sein Trauzeuge, und nach vier Wochen gab es eine lustige Hochzeit. Die Nandl und der Riepl haben es mit ihrer Heirat nicht schlecht getroffen. In zwanzig und mehr Jahren wurde die Eintracht durch keinen Viehdiskurs oder anderen Aberglauben mehr gestört.

Tiroler Hirtenspiel *

in zwei Abteilungen

Personen:

Riapl [1]	Hirten
Hiasl [2]	
Lippl [3]	
Veitl [4]	
Josl [5]	
Valtl [6]	
Stöffl [7]	

Maria und Josef, stumme Rollen.
Ein Engel.
König Herodes.
Fraxisus, sein Kammerdiener.
Soldaten.

* Dieses Stück ist durchaus an die alten Volksspiele angelehnt, wie sich deren in Tirol noch eine Menge finden. Um Farbe und Charakter nicht zu verwischen, habe ich sogar den diesen Spielen eigentümlichen Knüttelvers beibehalten. Das ganze Stück, welches schon hunderte Male aufgeführt worden ist, muß genau im Dialekt gesprochen werden. Hier kommt der Dialekt des besseren Verständnisses wegen nicht scharf zum Ausdruck, sondern wird bloß angedeutet.

[1] Rupert, [2] Matthias, [3] Philipp, [4] Veit, [5] Joseph, [6] Valentin, [7] Stephan

Erste Abteilung

Die Hirten auf dem Felde

Riapl (kommt über den Hirtenstein herab, singend):
Bin auf der Alm a Hüetabue [1]
Das ist a lüftellustig Löb'n;
Von Grill' und Muggen [2] hon [3] i Rueh,
Bin hanselfrisch und g'sund danöb'n.
I sing' recht vogelhell und böt'
Frühmorgens, wenn die Berge glonzen,
I juchz' und dank', wenn abends spöt
Die Stern' am Himmel ummertonzen.
Der Himmel ist gonz gleim [4] bei mir,
Moan [5] oft, i hör' die Engel geigen,
Und wenn just offen war' die Tür,
Donn kannt' i g'rodwegs einisteigen.
An Almabue, das bin und bleib i,
Vom Stadtlalöben tut mir grausen,
G'rod all'weil aufwärts stimm' und treib' i,
I mog nit mit dem Teuxl hausen.

Hiasl (von der andern Seite eintretend):
Riapl, alleweil frisch und munter?
Du bist woll a lustiges Kunter [6].

Riapl:

Was werd man denn toan [7] bei der traurig'n Zeit?
A lustiges G'sangl ist eh no mein' oanzige [8] Freud'.

---

[1] Hirtenbub, [2] schwermütige Gedanken, [3] habe, [4] ganz nahe, [5] meine, [6] kleines Vieh, [7] tun, [8] einzige

Hiasl:

Jo freili a traurige Zeit:
Alleweil schlechta wer'n [1] die Leut',
Alleweil größa die Armut und Noat,
Alleweil kloaner [2] die Wöck'n und 's Broat,
Alleweil größa die Steuern und Zinsen,
Alleweil kloaner im Beutel die Münzen;
Die Reichen, die leben und prassen,
Mir Arme können uns die Schuld'n broten lassen.

Riapl:

Und der Kaiser Augustus, der schlechte Kerl,
Barmherzigkeit hat er koa Sterl [3],
Will er nit alle Leut' zähl'n lassen,
Daß er no mehr Steuern konn fassen?
Tuet nix als wie Bauern schinden,
O – i möcht' mi nit also versünden.

Hiasl:

Mei lieba Riapl, itzt laß dir was sog'n,
Das Ding war' bald nimma zu trog'n,
Ober es muß der Messias bald kemmen [4],
Die Heiden beim Krips und beim Krogen zu nemmen.

Riapl:

Verheiß'n ist er woll, und alles wartet schon bonge,
Hiasl, i moan', es dauert gor nimma longe.

[1] werden, [2] kleine, [3] Faser, [4] kommen, gehen

Hiasl:

Riapl, ja i moan, Gott muß uns derher'n [1],
Gonz gewiß, es muß bald anders wer'n:
Der Messias werd' den Heid'n die Macht entreißen
Und alle mitsammen aus'n Landl schmeißen.

Riapl:

Juchhe! Das werd nachher [2] a Leben abgöb'n,
Wenn der Messias tut zu regier'n anhöb'n.

Hiasl:

Uns Arme werd er seine Kinder nennen,
Die Reichen wer'n si' schön die Finger verbrennen.

Riapl:

Das Wuchern und Drucken hört auf justament,
Und 's Hungern und Nöten hat a' mol an End'.
I weiß no ganz guet, was mein' Ahndl [3] hat verzählt:
Wenn amol kimmt [4] der Heiland der Welt,
Do werd 's Obes [5] von alle Bam' [6], alle Ast obahongen [7],
Da wer'n koane Säck', koane Faßlen mehr g'longen,
Und ninderst [8] werd koa Wasser mehr rinnen,
Do rinnt lei [9] mehr Honig und Wein aus'n Brünnen;
Ober schau, do kimmt schon der Lippl z'ruck von der Stadt,
Fürcht' gor, daß er a bißl z'viel aufgelegt hat;

---

[1] erhören, [2] hernach, [3] Großmutter, [4] kommt, [5] Obst,
[6] Bäume, [7] herunterhängen, [8] nirgends, [9] nur

Er tut mit den Händen fuchteln und grapeln [1]
Und zwischen den Zäun' her schwergeln [2] und zappeln.
Es muß was Wunder mit ihm sein g'schechen.
Aso hab i den Lippl no gar nie g'sechen.

Hiasl:

Und er schaut so lustig und aufgelegt d'rein,
Jo, jo, er werd richtig benebelt sein.
(Lippl tritt auf)

Riapl:

Guten Abend, Lippl! Hat's dich in Bethlehem verführt?

Hiasl:

. . . Gelt, es hat di der neue Wein angeschmiert?

Lippl:

Was fallt enk [3] ein? Bin bodennüchtern und laar;
Werd's nie hab'n g'hört, daß i amol beduselt war!
Ob'r i bin was Neues inne wor'n [4],
Das ist mir in Herz und Haxen [5] g'fohr'n,
I kann mi nit fassen, i kann's nit verstian [6],
So freudig is', so rar und so schian [7].

Riapl:

Hoi, Lippl, das mußt uns sog'n und verzählen,
Fong' on und tu uns koa Wörtl verhehlen!

---

[1] greifen, [2] torkeln, [3] euch, [4] worden, [5] Beine, [6] verstehen, [7] schön

Lippl:

Schon g'richtet zum Hoamgian [1], kehr' i no zue
Beim alten Simon – d e n kennt's ja ganz gnue –;
Dem gottesfürchtig'n, stoanalten Monn
Hat unser Herrgott die Botschaft geton,
Daß er nit sterben sollt' gonz wohr und gewiß,
'vor der Messias nit onkemmen is,
Und 'vor ihm die Freud' nit selber g'schiecht,
Daß er bei Lebzeit den Heilond siecht.

Riapl:

Hellau! Das werd nimma long dauern halt nacher,
Der Simon ist schon a stoanalter Kracher.

Hiasl:

Juchhe! Brüder, mir kimmt's in die Füß',
Das gibt a Löb'n wie im Paradies.

Lippl:

Lei langsam und tut's nit verhupfen, ös [2] Brüda,
Das Ding geht no amol krump [3] und zuwida;
Der Simon hat g'sagt, daß der Heiland viel leiden werd müssen,
Um unsere Laster und Sünd'n abzubüßen,
Daß er werd sein wie a Stoan [4] – i sog's woll nit gern –,
An dem viele stolpern und onstoßen wer'n.

---

[1] heimgehen, [2] ihr, [3] krumm, [4] Stein

Riapl (heftig):

Es soll's grad oaner [1] wog'n und probieren,
Den Messias bloß mit an Halml anzurühren!
I und der Krumpohax [2]-Martl [3]
Der Hiasl und der terische [4] Bartl [5]
Der Veitl und der kropfate [6] Josl,
Der Stöffl und der zochate [7] Brosl [8],
Mir [9] steh'n alle fest zueinand,
Mir nehmen die Hackelstecken in d'Hand,
Und bald sich oaner will mucken und maxen [10],
Donn tun wir ihm zünftig aufs Dachl flachsen [11].

Lippl:

Sei stad! Es kannt' amol Ernst wer'n,
Dei' [12] Blut und dei Löbn' gabst a nit gern.

Riapl:

Mei' Herz und mei' Blut, mein' Leib und mei Löb'n
Tat' i recht gern für'n Messias hingöb'n –
Ja Feuer und Schwert, gor alles leidat i gern!
I kannt jo a heiliger Martyrer wer'n.

Hiasl:

Ei hört's amol auf mit dem traurig'n G'röd,
Die Sunn' ist lang unter, es werd schon recht spöt;
Mir müss'n amol geh'n die Schaflen z'sammentreib'n,
Mir können nit immer und ewig do bleib'n.

---

[1] einer, [2] Krummbein, [3] Martin, [4] harthörig, [5] Barthelmä, [6] kropfige, [7] ungehobelte, [8] Ambros, [9] wir, [10] grob anlassen, [11] auf den Kopf schlagen, [12] dein

Riapl:

's ist wohr! Du, Lippl, bist woll müd' von dem Laufer [1],
Soweit aus der Stadt Bethlehem auffer [2];
Itzt leg' di' lei nieder – wir halten schon Wacht –
Und schlof' recht g'sund – frisch guete Nacht!

Lippl:

Guetnacht! Und betet's, daß der Messias bald kimmt,
Und daß er uns a 'mol in' Himmel aufnimmt.

(Lippl ab)

Hiasl:

Wo mög'n denn heunt' die Nachbarleut sein?
I blas' amol toll [3] ins Horn hinein;
Bis ummi [4] auf die Schattseit müssen sie's her'n [5] –

Riapl:

Und g'schwind uns helfen die Schaflen einkehr'n [6].
(Hiasl bläst ins Horn, aus der Ferne antworten Horntöne)

Hiasl:

Aha, sie blosen schon ummer [7] do drent [8].

Riapl:

Itzt kemmen sie g'rod' beim Pferch [9] hergerennt.

(Neuerdings Horntöne und Jauchzen von der Ferne sich nähernd; über eine Weile treten auf: Veitl, Josl, Valtl, Stöffl)

---

[1] Weg, [2] herauf, [3] tüchtig, [4] hinüber, [5] hören, [6] hereinleiten, [7] herüber, [8] drüben, [9] eingepferchter Raum auf der Alm zum Lagern für das Vieh

Veit:

Ös Brüda, habt's g'hört, was der Lippl verzählt?

Riapl:

Jo, jo, es kimmt bald der Heilond der Welt.

Stöffl:

I moan, das Ding hat no lange koan Eil',
Paßt's auf, der Messias, der laßt sie daweil [1].

Veitl:

Na, na, er laßt si' nimmer lang betteln und nöten [2],
Er ist ja längst schon ausverkündt' von' Propheten.

Valtl:

Seit mehr als a Woche ist mir aso b'sunda [3],
I glab' akkarat, es g'schiecht bald a Wunda.

Josl:

In der Nacht hört man allweil die Habergeiß [4] singen,
Und drob'n auf der Schneid' tun die Lichtmandeln [5] springen.

Veitl:

Von Bethlehem tut's so hell auffer läuten,
Gewiß, das Ding hat was zu bedeuten.

---

[1] läßt sich Zeit, [2] drängen, [3] besonders, eigenartig,
[4] das Käuzchen, [5] Irrlichter

Krippe von Rudolf Millonig

Riapl:

I möcht' heunt g'rod ein' Löffel voll rehr'n [1],
Mir tut um' Messias derweillongig [2] wer'n.

Hiasl:

Ob'r Brüder, schaugt's decht [3] amol nach'n Schofen,
Sonst kemmen wir heunt' ja gar nimma schlofen.

Veitl:

Ös vier müßt heunt' in dera Nacht
Bei den Kühen und Schaflen halten die Wacht,
Der Brosl und i, der Lippl und der Valten [4],
Mir wer'n morgen die Nachtwach' halten.

Valtl:

Im Ranzen war' Stoan und Zunder zu finden,
Wenn's öpper [5] wollt's a Foier anzünden.

Veitl:

Seit gestern hab'n der Valtl und i koan Auge zu'ebracht,
Mir zwoa [6] gian schlofen itzt und wünschen guete Nacht.
(Wechselgesang)

Riapl, Hiasl, Stöffl, Josl (singend):

Wir wünschen guete Nacht,
Das Auge Gottes wacht.

Veitl und Valtl (singen, währenddem sie fortziehen):

---

[1] weinen, [2] zeitlang, heimwehig, [3] doch, [4] Valentin,
[5] etwa, [6] zwei

Schon sein die Sternlein munter,
Der Moon[1] ist aufgewacht,
Und unter'm Himmel d'runter
Ist unser Nestl g'macht.

Die andern vier:

Wir wünschen guete Nacht,
Das Auge Gottes wacht.

Veitl und Valtl (von draußen):

Gott Dank für alle Gaben,
Die wir am harten Tag
Von ihm empfangen haben,
Gott Dank für Müh' und Plag'!

Die andern vier:

Wir wünschen guete Nacht,
Das Auge Gottes wacht.

Veitl und Valtl:

Itzt lög'n mir uns gern[2] nieder
Im Hüttl auf dem Mies[3]
Halt also matt und müder,
Uns schmeckt a Schlafl süeß.

Die andern vier:

Wir wünschen guete Nacht,
Das Auge Gottes wacht.

[1] Mond, [2] gleich, [3] Moos

Veitl und Valtl:

Aft [1] tun mir himmlisch traamen [2],
Brav rasten von der Müh',
Die Eng'l wer'n's nit saamen [3],
Uns z'wecken in der Früh.

Die andern vier:

Wir wünschen guete Nacht,
Das Auge Gottes wacht.

Hiasl:

Wir brauch'n nit allweil zu wachen herenten [4],
Wenn wir a tüchtiges Foier [5] ankenten [6],
Wenn's Foier wirft an' tollen Schein,
Wer'n wir von Bär und Wolf leicht sicher sein.

Riapl:

Ja, 's Foier macht die Viecher ganz verheit [7],
Sie hab'n an' Angst davor als wie nit g'scheit.

(Zünden ein Feuer an)

Stöffl (gähnend):

Wißt's was? Werd geh'n a Schlafl machen;
Bin müd, daß mir die Rippen krachen.

(Legt sich nieder)

Hiasl:

Das paßt mir a [8]; i lög mi' her zu dir –
A Stündl g'rad, dann ist mei' Schlof schon für [9].

(Legt sich neben Stöffl)

---

[1] dann, [2] träumen, [3] säumen, [4] hüben, [5] Feuer, [6] anzünden, eigentlich anheizen, [7] erschreckt, verwirrt, [8] auch, [9] vorüber

Josl:

Mir fallen a schon long die Aug'n zue,
Jtzt lög' di nieder, Riapl, und gib a Rueh!

Riapl:

A Schlafl tut uns allen gut, 's ist wohr,
Vor Mitternacht ist 's Vieh in koaner G'fohr.

(Auch Riapl und Josl lagern sich am Feuer)

Stöffl (nach einer Weile):

Hoi, Hiasl, was brauchst denn auf mein' Buggl z'reiten?

Hiasl:

I konn nit allweil lieg'n auf oaner Seiten.

Stöffl:

Möcht' gleimer [1] hin zum Foir – i mueß dafrier'n,
Ruck' ummi [2], fauler Sack, kannst di' nit rühr'n?

Hiasl:

Was hast denn für an' Lärm und für a G'schnoas [3]?
Lieg' zuewa [4] do, wenn d' moanst, es ist nit z'hoaß [5].

Josl:

Ah – müede Söckel [6] seid's schon decht! –
Bald i a bißl schlofen mecht,

---

[1] näher, [2] hinüber, [3] Dummheit, [4] herzu, [5] heiß, [6] lästige Kerle

Geht's hin und her und auf und ob
Und mir ins G'sicht mit Schuech [1] und Stob;
Ös bringt mi noch in Wuet und Gall' –
Jtzt gebts an' Fried', ich sog's zum letztenmal!

Riapl:

Ös Klachel [2]! Habt's mi itzt aso derschröckt
Und aus ein' wunderschianen Traam aufg'wöckt:
Viel Engel hob' i g'sehn, schneeweiße, Bueb'n [3],
Die haben Köpflen g'habt als wie die Rueb'n [4],
Und 'tonzt homm' [5] sie so schian, kann's gor nit sogen,
Sein nit am Boden g'west, 's hat sie der Wind getrogen.

Stöffl:

Ei glabt's decht nit! Er will enk lei betrügen,
Nit 's erstemal tut er so blitzblaw [6] lügen.
Der Wind, der wur' [7] sie trog'n! – muß lachen schier,
Selm [8] war'n die Engel ja von Papier.

Josl:

Schon wieder hat er mit'n Stob mir in die Aug'n g'stochen,
Itzt wird' i ihm oans leihen [9] geh'n, dem Zochen [10].

Riapl:

Was habt's allweil zu streiten, einander anzufressen?
I glab', das macht, weil wir homm 's Nachtgebet vergessen;

---

[1] Schuh, [2] ungehobelte Menschen, [3] Buben, [4] Rüben, [5] haben, [6] blitzschlau, [7] würde, [8] da, [9] eins herunterhauen, [10] Grobian

Glei' steht's mir auf und bötet den Abendsögen,
Aft tun wir uns in Frieden niederlögen.

(Sie knien am Boden nieder und beten)

Alle:

O großer Gott, hör' unsern Psalm,
Behüt' uns Hirten auf der Alm!
Behüt' die Herd' bei Nacht und Tog,
Daß Bär und Wolf nicht schoden mog!
Und b'sunders bitten wir recht schuan [1],
Laß vom Messias uns 'n Himm'l auftuan,
Dort woll'n wir danken zu aller Zeit,
Dich loben und preisen in Ewigkeit.

Riapl:

Itzt ist fein [2] schlofen, guete Nacht!

Hiasl:

Guet' Nacht!

Josl:

D e r rasselt [3] schon, daß 's kracht.

(Alle schlafen. Geigen und Flöten spielen die Melodie „Stille Nacht", Beleuchtung)

Engellied [4]:

O Wunder groß,
Aus Gottes Schoß
Ist Gott von Gott gekommen;

---

[1] schön, [2] angenehm, [3] schnarcht, [4] altes Kirchenlied

Und hat aus Lieb',
Die ihn antrieb,
Die Menschheit angenommen.

Riapl (auffahrend):

Potztausend, was soll dös öpper [1] sein?
Do enten [2] auf der Schattseit' der helle Schein,
Und Lichtlen, rot und blau und grün,
Die tonzen umeinand', tun gor nit stian [3]!
Und ehender [4] hat's aso schön g'sungen,
Mir war' vor Freud' bald 's Herz dasprungen.

Stöffl:

Hö, Riapl, dir fahlt's im Dachstuhl [5], moan' i halt,
I glab', es laft dir 's Radl o [6] fei bald.

Hiasl:

's ist wirklich zu lachen, daß dir im Tram fallen ein
So narrische Sachen, die gor nit möglich könn' sein.

(Helle Beleuchtung und Erscheinung des Engels)

Engel:

Itzt fürcht' euch nit, ihr lieben Leut',
Denn ich verkünd' euch große Freud':
Euch ist in dieser Nacht geboren,
Von einer Jungfrau auserkoren,
Messias in der Davidstadt,

---

[1] etwa, [2] drüben, [3] stehen, [4] früher, [5] fehlts im Kopf,
[6] läuft dir ein Rädchen ab

Wie der Prophet geweissagt hat.
Und dies soll euch zum Zeichen sein,
Ihr werdet finden ein Kindlein fein,
Ist eingewickelt in Windeln zart
Und lieget in einer Krippe hart. (Engel ab)

Gesang der Engel:

In excelsis gloria,
Messias, der Heiland, ist da!
Er bringet Glück und himmlischen Frieden
Den Menschen allen, die hienieden
Wohl eines guten Willens sind.
Gloria dem Himmelskind!

(Die Hirten, welche auf die Knie niedergefallen sind, erheben sich wieder und blicken erstaunt einander an)

Hiasl:

Ja homm'[1] mir denn g'schlofen? War dös a Traam?

Josl:

Wenn mir's nit g'söchen hatt'n, glabat'n[2] mir's kaam[3].

Riapl:

Juhui, juchhe! Es ist aus, es ist o,
Juhui, juchhe! Es ist aus, es ist so.

Stöffl:

Der Eng'l, der hat'n vom Himm'l her'trog'n,
Itzt ist er schon fort, tat' no gern was frog'n.

[1] haben, [2] glauben, [3] kaum

Josl:

Geh laf' mer [1] lei schleunig zum Kindlein im Stall,
Bleibt koaner alleinig, gian [2] tun wir all'.

Riapl:

Die Nachbarn müssen a mitlaf'n [3], die laß mir nit hint'.
Wir müss'n was kaf'n [4] dem liebreichen Kind.

Hiasl:

A Pfoadl [5], a Röckl, an' zuckerig'n Huet –
Zum Essen a Böckl [6] war' a no recht guet.

Josl:

Trag's Foir awöck [7], Stöffl; wir müssen a Buchtel [8] mitnehmen,
Im Finstern, do könnt' mir uns schön in die Zäune verklemmen.

Stöffl:

Laß brinnen, was brennt, und laß glun [9], was glengt [10],
I hob' mir ameeh [11] schon beim Barstl [12] versengt;
Itzt homm' [13] mir koa Zeit, itzt müss' mir grad' eilen
Das Foier, das tat' uns zu longe verweilen [14].

(Die Hirten eilen fort, während aus der Höhe noch einmal der Gloriagesang ertönt)

---

[1] laufen wir, [2] geben, [3] mitlaufen, [4] kaufen, [5] ein Hemdchen, [6] Ofenkuchen, [7] Feuer hinweg, [8] Fackel, [9] glosen, [10] glüht, [11] zuerst, ehe, [12] Bärtchen, [13] haben, [14] hinhalten

Zweite Abteilung

Die Hirten bei der Krippe

(Riapl, Hiasl, Lippl, Veitl, Josl, Valtl und Stöffl stehen vor dem Stall, dessen Türe noch verschlossen ist)

Lippl:

Nu, Brüder, nehmt's fein die Hüet' in d' Hond,
Und richtet enk [1] a bißl 's Gewond,
A freundliches G'sicht müeßt's alle machen,
Hübsch niederstöllen enkre [2] Sachen;
Tut nit aso klappern mit den Stöcken, –
Das Kindl möcht' sie vor uns gor schröcken ...
Und fallt's dem Kind recht fein zu Füßen,
Aft tut's es hübsch manierlich grüßen;
Fongt's ja nit an koa Stenkerei [3],
Seid's g'scheit und treibt's koa Narretei [4],
Nit schmutzen [5] dürft's und g'wiß nit lachen,
Müßt's recht a sauber's Buckerle [6] machen –
Und vergeßt's dem Kind nit 's Handl zu bussen [7],
Sonst kannten wir's schon g'schwind dernussen [8].

Veitl:

Was soll' mir denn zum Kindl aft [9] sog'n?
Mir hob'n vergess'n, den Engel zu frog'n.

---

[1] euch, [2] eure, [3] Zänkerei, [4] Spaß, [5] schmunzeln, [6] Verbeugung, [7] küssen, [8] einen scharfen Verweis bekommen, [9] dann

Hiasl:

Geh, schrei' nit aso und sei a win stat [1],
Wenn's Kindl halt öpper [2] schlafen tat'!

Lippl:

Sobald wir alle drinnen sein,
Aft sagt's: „Grüeß Gott, lieb Jesulein!"
Donn wer'n die Leut' schon z'red'n anhöb'n,
Ein Wörtl wird nacher das andere göb'n.

Hiasl:

Itzt, Brüder, macht's Ernst und schleunt's enk amal,
Daß wir bald einikemmen [3] in' Stall. –

Josl:

Du, Lippl, klopf' an und tu' auf die Tür,
Wir andern gehn alle gleim [4] hinter dir.

Lippl:

Na, na, i geh' enk nit voron,
Weil i zuwienig röden konn.

Josl:

Itzt laß di' nit bettl' und mach' uns kein Affen,
Tust sonst ja all'weil regier'n und schaffen.

Lippl:

Wenn's du aso bist, geh du voron,
Du – du hast longe Stiefel on.

---

[1] ein wenig still, [2] etwa, [3] hineinkommen, [4] ganz nahe

Josl:

I bin wie a Stock und tu' mi' sovel [1] schanier'n
Und wenn i derklupf [2], donn konn i mir gor nimma
rühr'n.

Valtl (der unterdessen durch eine Mauerspalte in den Stall hinuntergeschaut hat):

I hon's schon g'söchen, das herzliebe Bübl,
Do drinnen im feuchten, eiskalten Stübl,
Mei' Lieber, dös [3] war' itzt amol a schian's Kind,
So wie man weit und broat [4] nit ein's find't:
Zwoa Äuglein hat's akk'rat wie Karfunkel,
Die Haarlen sein [5] nit licht und nit dunkel,
Es glitzet und fugetzt [6] halt überall –
Lei schod', daß es liegt in dem alten Stall!

Riapl:

Ös Brüder, i rot' [7], wir singen ein's z'erst [8] –
Wenn aft das Kindl uns gwarnt [9] und hert [10],
Donn laßt's wohl selber uns einihol'n [11],
Mir brauchen aft nimma long' zu zigolen [12].

(Die Hirten singen gegen den Stall gekehrt)

Alle [13]:

Als wir bei unserm Vieh gewacht,
Ein Engel uns hat Botschaft 'bracht.
Des sein wir froh, froh, froh –

---

[1] soviel, [2] erschrick, [3] das, [4] breit, [5] sind, [6] glänzt, [7] rate, [8] zuerst, [9] gewahrt, [10] hört, [11] hineinholen, [12] viel reden, lärmen, [13] uraltes Krippenlied

Benedicamus Domino!
Er sagt, daß heunt' geboren ist
Der Menschen Heiland Jesus Christ.
Des sein wir froh.
Das Kindlein läg' im armen Stall,
Zu büßen unsern Sündenfall.
Des sein wir froh.
Er hat gesagt, es wär' ganz klein,
In Windeln frisch gewickelt ein.
Des sein wir froh.

(Beleuchtung. Die Tür des Stalles öffnet sich von innen; Maria, Joseph und das Christkind, durch eine Figur dargestellt, werden sichtbar. Die Hirten, welche während des Gesanges schon ihre Hüte abgenommen haben, fallen rasch auf die Knie)

Riapl:

Ja grüß di' Gott, du liebes Kind,
Bist husig [1] kemmen wie der Wind!
Weil's uns der Eng'l hat angesagt,
Homm [2] wir's halt herzugian gewagt.
Wir armen Hirten können's gor nit fassen,
Daß uns zu dir tust erstl [3] zuewilassen [4] . . .
Was soll' m'r denn toan für die große G'nod'?
Wir wiss'n nix anders, wir donken halt g'rod.
Und wenn i dir was tu' verehr'n und schenken,
So werst [5] mir's wohl nit zu groß verdenken:
Do hon i a Lampl [6], es ist no recht kloan,
Ob'r g'rod für'n Anfang werd sich's schon toan [7],

---

[1] schnell, [2] haben, [3] zuerst, [4] hinzulassen, [5] wirst, [6] Lämmchen [7] tun, machen

Das schneeweiße Fell ist recht wollig und lind
Z'nan' [1] warmen Röckl, du herziges Kind.

Hiasl:

Muß selber recht knapp'n [2] und blutarm löb'n,
Ob'r all's, was i hon, das will i dir göb'n:
Ei' fuchsgrauen Pölz und drei Zeph [3] in der Büchs' –
Das war' mei' Vermög'n, hon sonst weiter nix.
Und wenn für mi' amol schlagt die Stund',
Sei dechta [4] so gut, laß mi' nit gian zugrund;
Du werst's wohl ermerken und a d'rauf gedenken,
Daß i dir tat' mein' Feiertagspölz schenken.

Stöffl:

I hon a paar Äpf'l, sind heu'r nit viel wor'n [5],
Und etlene [6] hon i auf'n Wöge verlor'n.
A vier oder fünfe hon i bei mir,
Wenn's dö derfest [7] essen, so schenket' i sie dir.

Veitl:

Für mi und mein' Vetters Buab'n, den Valtl,
Bring' i a Mehl und a Klotzenzaltl [8],
An' schneeweiß'n Butta, an' frischen, an' süeß'n,
An' Goaßkaas [9], an Schott'n [10] – laß di's nit vadrieß'n!
Und wenn's hoaßt roasen [11], du herziges Kind,
Donn nimm uns zu dir und laß uns nit hint [12].

---

[1] zu einem, [2] kargen, sparen, [3] ein Sechser, [4] doch, [5] geworden, [6] etliche, [7] dürftest, [8] Kletzenbrot, [9] Ziegenkäse, [10] Molke, [11] heißt abreisen, sterben, [12] zurück

Josl:

Do bring' i a Schmalzl und etlene Oar [1]
Und nou [2] dazue a paar Reistlen Hoar [3];
Derfst mi nit verdommen, und denk' a fein d'ron,
Daß i beim Kripp'l schian 'beten d'rum hon.

Lippl:

A Milch und an' Honig möcht' i enk [4] verehr'n,
Und du, liebe Muata, tu' g'rod nit rehr'n [5]!
In Stall, in dem kalten, könnt's dechta [6] nit bleib'n,
Es müsset' enk jo die Kält'n aufreib'n;
I hon a Kammerl' und an Öfele [7] drinn',
's ist laar [8], wenn's paßt, nachher [9] ziecht's lei frisch um'.

Riapl:

M'r homm' selber nit viel, tut uns 's nit übel nemmen,
Mir wer'n schon bald amol wieder kemmen.

Hiasl:

Mir müess'n itzt hoam [10]; wenn i grod verweilen kunnt,
Pfüet Gott [11], du lieb's Kind, und bleib frisch g'sund!

Valtl:

Pfüet Gott, alle drei! Mir tun no schön bitten,
Bleibt's alleweil do in unserer Mitten.

---

[1] Eier, [2] noch, [3] Strähnchen Flachs, [4] auch [5] weinen,
[6] doch, [7] Öfchen, [8] leer, [9] dann, [10] heim, [11] behüt Gott

Lippl:

Ja, Heilond, mir betteln no alle, verlaß uns g'rad nit,
Und nimm in dein Reich uns arme Häuter a mit!

(Die Hirten singen)

Alle[1]*:*

Bei dir ist Wonn' und Freud'
Und Lust in Ewigkeit,
Wo die Engel singen
Von deiner Herrlichkeit
Und neue Lieder klingen
Durch alle Himmel weit.
Ach mach mein Herz bereit, ach mach mein Herz bereit!

(Die Heiligen Drei Könige vor Herodes, bei den Hirten und vor dem Christkind mögen in lebenden Bildern vorgeführt werden)

[1] Übersetzung des alten „In dulci jubilo"